폴리네시아에서 온 아이

폴리네시아에서 온 아이

코슈카 지음 | 톰 오구마 그림 | 곽노경 옮김

라임

차례

제1부

폭풍우 휘몰아치는 밤에

길 떠나는 가족에게

내 이름은 에노아입니다.

이 글을 쓰는 이유는…… 사랑스러운 외손녀 나니와 영원히 함께하기 위해서입니다. 나니는 곧 길을 떠날 거예요.

나는 나니의 이빠랍니다. 우리가 사는 섬에서는 할아버지를 '이빠'라 부르거든요.

나니는 이제 열두 살입니다.

사랑하는 외손녀 나니에게,

외할아버지가 좀 엉뚱하다는 건 너도 이미 알고 있을 거야. 평소에도 쓸데없는 얘기를 자주 주절거리잖니? 그래도 너를 얼마나 사랑하는지는 잘 알지?

전에도 말했듯이, 눈에 보이는 것만이 진실은 아니란다. 죽음이란 것도 그래. 사람들은 누군가 세상을 떠나면 죽었다고 믿지. 단지 눈에 보이지 않는 것뿐인데…….

죽은 이들은 우리 마음속에 영원히 남아 있어. 가만히 귀를 기울여 보면 그들이 속삭이는 소리가 들리지. 나무와 강, 산, 꽃들도 마찬가지란다.

우리 마음속에는 커다란 옷장이 들어 있어. 나니야, 수백만 개의 서랍들을 네가 빼곡히 채워 보렴. 사람도 좋고 물건도 좋고 동물도 좋아. 물론 식물도 좋지.

우리가 배웠거나 좋아했던 것들을 모두 그 안에 차곡차곡 담는 거야. 마음속 깊이 넣어 두고 가지런히 정리해 봐. 심지어 잊었다고 생각되는 것들까지…….

나니야, 그 안에는 예쁜 문장이나 노래, 냄새, 낱말도 다 담을 수 있어. 가슴을 찡하게 울리던 시구도 얼마든지…….

지난번에 강아지 쿠스민 얘기를 해 줬지? 쿠스민은 내가 새 삶을 얻은 뒤 단 한 번도 내 곁을 떠나지 않았어. 심지어 지금껏 잠도 함께 잔다니까!

외할아버지랑 외할머니 사이에서 밤새 쿨쿨 잠을 자지. 외할머니는 딱히 신경도 안 쓰는 것 같아. 아침이 밝아 오면 쿠스민은 침대에서 벌떡 일어나 밖으로 힘차게 뛰어나간단다.

— 이빠가

내 이름은 에노아입니다.

이 글을 쓰는 이유는…… 사랑스러운 외손녀 나니와 영원히 함께하기 위해서입니다. 또, 내 속에서 부글부글 끓어오르는 두려움과 분노를 털어놓기 위해서이기도 합니다.

두려움을 왜 느끼는 거냐고요? 내 딸 내외와 외손주가 곧 미지의 땅으로 길을 떠나야 하기 때문입니다. 그 여정이 제발 길어지지 않기를 바랄 뿐입니다.

그렇다면 분노의 정체는 뭐냐고요? 그 아이들을 위해서 내가 해줄 수 있는 일이 아무것도 없다는 사실입니다.

나는 지금 기력이 다 떨어져서 산송장과 다를 바가 없습니다. 열 살 때 교통사고를 당한 뒤로 두 다리가 제 기능을 하지 못하고 있거든요. 그렇게 수십 년의 세월을 보냈지요.

이제 더 이상 사내라 부를 수도 없습니다. 그저 오래된 고목에 불과할 뿐입니다.

외손녀 나니에게,

주변 사람이나 사물은 언제나 늘 곁에 있으니까, 우리도 모르는 새에 익숙해져서 영원히 변하지 않으리라고 믿곤 해. 부모님은 항상 곁에 계시고, 우리 집의 벽과 지붕 역시 언제나 튼튼할 거라고 생각하지.

하지만 그건 다 착각이야. 살다 보면 정말로 견고하다고 믿었던 것들이 와르르 무너져 내리는 순간이 찾아오거든. 그럴 땐 짐을 싸서 빨리 떠나야 해.

나니야, 어느 곳으로 가든지 절대로 고향을 잊어서는 안 돼. 그렇지만 이곳을 어서 떠나거라! 한시라도 바삐…….

네 아빠는 아직 결심이 서지 않은 것 같다만, 너라도 얼른 서두르라고 외할아버지가 이렇게 편지를 쓰는 거야.

— 이빠가

내 이름은 에노아입니다.

이름을 세 번씩이나 반복해서 쓰는 이유는 나와 아내의 목숨이 다했을 때, 땅에 묻어 줄 사람이 없어서 곧 잊혀 버릴 것이기 때문입니다.

솔직히 별로 겁나지는 않습니다. 이 섬에서 먼 훗날까지 한 줌의 흙으로 계속 남을 테니까요. 만일 이 섬이 사라진다면 바닷물과 뒤섞여 버리겠지요.

바다는 늘 우리를 풍요롭게 해 줍니다.

언젠가 우리가 이 세상에서 없어져도, 나니의 가슴에는 상처를 남기고 싶지 않습니다. 어린아이의 가슴속에 남은 상처는 아주 오랫동안 지워지지 않으니까요.

나는 상처를 말끔히 지우는 데 수십 년의 세월이 걸렸습니다. 다행히 큰아버지와 귀여운 강아지 쿠스민이 언제나 내 곁에 있어 주었지요. 나무들도 함께했고요.

아, 내게 나무를 조각하는 기술을 가르쳐 준 나오리도 항상 같이 있었습니다.

외손녀 나니에게,

네 아빠는 아직도 마음을 정하지 못한 모양이구나. 하지만 나는 너희가 곧 떠나리라는 걸 알고 있어. 외할머니는 너희 배낭에 담아 갈 곡식의 씨앗과 아몬드, 건포도를 챙기고 있단다. 자리를 적게 차지하면서도 요긴하게 쓰일 데가 많은 것들이지.

어딘가로 떠난다는 것은 그동안 묶여 있던 밧줄을 푸는 작업이란다. 나니야, 이 섬을 버려야 해. 종려나무, 야자수, 레몬나무, 고운 모래……. 이 모든 것들을 등 뒤에 남겨 둬야 한단다.

우리가 함께 머물던 이 집과 예쁘고 앙증맞은 네 옷들도 이곳에 고스란히 놔둬야 하지. 어쩌면 네 인형 키요는 가져갈 수 있을지도 모르겠다. 하지만 그것 또한 장담할 수는 없어. 키요의 덩치가 좀 큰 편이라서 말이야. 필요한 물건들만 챙겨도 배낭이 꽉 찰 테니까.

하지만 너무 걱정하지는 말거라. 배낭 속의 자리를 덜 차지하면서도 우리와 너를 이어 줄 물건이 무엇이 있는지 꼼꼼하게 찾아볼 테니까. 내가 곰곰이 생각해 본 후에 다시 얘기해 줄게.

— 이빠가

외손녀 나니에게,

네 아빠 자넷이 왜 이렇게 미적거리면서 결정을 못 내리는지 이해가 안 가는구나! 날마다 억수같이 퍼부어 대는 빗줄기로 바닷물이 흘러넘쳐 산과 들이 곧 죄다 잠겨 버릴 텐데…….

섬에 예비되어 있던 배는 이미 떠나려는 사람들로 꽉 찼어. 다른 지역에서 선박들을 속속 보내오고 있는데, 이 틈을 놓치지 않고 장사를 하는 사람들이 생겨나서 씁쓸한 기분이 드는구나. 남의 불행을 이용하려 들다니…….

나니야, 네 마음속에서 용기가 길을 잃고 흩어질 때마다 외할아버지가 쓴 편지를 읽어 보렴. 그러면 섬에서 비치던 따스한 햇살이 네 귓가를 다정하게 간질여 줄 거야. 네 마음속에 스며 있는 이 섬의 빛살이!

사랑하는 외손녀 나니야, 비록 내가 두 발로 걸을 수는 없지만 한 걸음씩 너를 뒤쫓아갈게.

그 누구도 나를 지워 버리지 못해. 설령 네 눈에 보이지 않는다 해도 외할아버지는 이곳저곳에 머물러 있단다.

너도 잘 알 거야.

— 아빠가

제2부

낯선 세상으로 길 떠나기

하늘의 수문이 열리다

내 이름은 나니다. 내가 사는 곳은 지구상의 마지막 파라다이스라 불리는 남태평양의 작은 섬이다. 세계 각지에서 아름다운 자연환경을 즐기러 여행을 오는 곳! 기다란 활 모양의 산호섬…….

그런데 우리 섬은 지구 온난화로 해마다 해수면이 몇 센티미터씩 상승해서 머지않아 바다에 잠길 운명에 처해 있다. 사이클론이 불어닥치는 2월과 3월에는 땅의 대부분이 물에 잠겨 버린다. 사이클론이 지나간 뒤에도 물이 채 빠지지 않아서 바다가 점점 넓어지고 있다.

물에 잠기지 않은 지역의 지하수는 염도가 높아서 마실 수가 없다. 빗물을 받아서 식수를 해결하는 수밖에 없는 셈이다. 땅 역시 점점 소금기가 많아져서 나무와 풀들이 서서히 죽어 가고 있다. 농사는 포기한 지 이미 오래이고, 식료품은 죄다 수입을 하는 상황이다.

결국 정부에서는 몇 년 전에 국토 포기를 선언하고, 선진국들에 이민을 요청했다. 그래서 우리는 지금 태어나고 자란 이 섬을 버리고 떠날 채비를 하는 중이다.

엄마가 커다란 배낭에 이것저것 챙겨 넣다가, 근심 어린 눈빛으로 나니를 바라보며 물었다.

"뭘 가져왔니, 나니야? 자리가 별로 없는데! 참, 너도 배낭을 메고 가야 해. 배낭에 짐을 너무 무겁게 넣지는 마. 엄마 손도 꼭 잡아야 하고……. 보나 마나 항구는 사람들로 북새통일 거야. 서로서로 앞다투어 떠나려고 난리겠지. 아수라장이 따로 없을걸."

"그런데 우린 어디로 가요?"

곱슬머리에 짙은 눈빛을 품은 나니가 엄마에게 조심스럽게 물었다.

"아직 아무도 몰라. 바닷물이 사방에서 밀려 들어오고 있잖니?

그래서 일단 여기를 떠나려는 거야. 앞으로 어떤 일이 생길지는 아무도 몰라. 물이 이렇게 무섭게 뭍으로 밀려든 적은 한 번도 없었거든. 마치 우리를 쫓아내려는 듯이 무서운 기세로 말이야. 무엇보다 아이들이 위험해. 여기선 오래 견딜 수 없어."

"아빠는요? 아빠는 어디 계세요?"

나니가 다그치듯 물었다.

"아래층에……. 외할아버지랑 외할머니랑 함께 있어. 식량을 모아서 정리해 두는 중이야. 먹을 것이 언제 바닥날지 모르거든. 지금으로선 아무것도 알 수가 없어."

엄마가 눈시울을 붉히며 말했다.

"외할아버지랑 외할머니는요? 함께 가시는 거예요?"

나니는 갑자기 걱정이 밀려왔다.

"아니, 같이 못 가. 외할아버지는 걷지를 못하시잖니? 우리한테 짐이 될까 봐 업혀서 가고 싶지는 않다고 하셔. 자존심이 매우 강하신 분이잖니? 외할머니는 외할아버지를 혼자 두고 떠나실 수 없다고 하시고……. 두 분은 항상 꼭 붙어 계시잖아. 두 분 사이는 사랑이라는 말로 다 표현할 수 없을 만큼 깊디깊어. 정말로 아름답지. 두 분은 절대로 헤어지지 않으실 거야."

“그러다 집이 무너지면요? 섬이 통째로 바다에 잠겨 버리면요?”

나니가 안타까운 얼굴로 다그치듯 물었다.

“엄마도 어떻게 해야 할지 잘 모르겠어. 짐을 마저 싼 후에 두 분께 같이 가 보자.”

짐을 담은 배낭은 모두 세 개였다. 큰 것, 중간 것, 작은 것. 나니는 엄마와 함께 현관문을 열고 밖으로 나와, 물고기가 헤엄치듯 빗줄기를 뚫고 돌층계를 내려갔다.

이 섬에서는 대개 부모님과 자식이 한집에서 생활했다. 부모님이 아래층에서 지내고, 딸이나 아들은 위층에서 살았다. 현관문에는 자물쇠를 아예 달지 않아 열쇠로 잠그는 일이 없었다.

나니는 엄마 손을 잡고 재빨리 일층으로 뛰어 내려갔다.

외할아버지는 짚으로 엮은 의자 위에 꼿꼿이 앉아 있었다. 나니를 보자마자 다정하게 두 손을 내밀었다. 외할아버지는 딸과 외손녀가 다가오는 모습을 보는 것만으로도 반가워서 심장이 쿵쿵 뛰었다.

“얘들아, 잘 생각했어. 자, 이제 떠나거라! 나니야, 식탁 위에 놓아둔 물건 세 가지는 네 것이니까 꼭 챙겨 가도록 해. 부피가 작아서 배낭에 밀어 넣어도 될 거야. 한참을 고민한 후에 이걸로 골랐어. 자, 이리 가져와 볼래? 내가 하나씩 설명해 줄게."

나니는 들뜬 마음으로 식탁 위에 놓인 물건을 바라보았다. 돌과 목각 새, 비닐봉지에 담긴 종이 뭉치가 차례로 눈에 들어왔다.

"앞으로 계속 걸어야 할 테니까, 떠나기 전에 잠깐이라도 앉아서 쉬렴."

외할아버지는 이렇게 말하며 돌을 먼저 집어 들었다.

"네 외할머니가 지붕 위로 올라가서 이 돌을 찾아왔어. 네가 태어나던 날, 네 아빠가 너희 집 지붕 위에 던져 놓았던 돌이란다. 나중에 네가 집을 지을 때 사용하라고 놓아둔 돌이지. 이 돌을 가져가거라. 훗날 어른이 되어서 네 집을 지을 때 꼭 이 돌을 사용하렴. 네가 어디에서 살게 되든……."

그러고는 비닐봉지에 든 종이 뭉치를 꺼내 들었다.

"이건 너에게 쓴 편지야. 조금씩 미리 써 두었지. 나니야! 잘 간직해. 물에 젖을까 봐 일부러 비닐봉지에 담았어. 이 봉지를 목에 걸고 있으렴. 그래야 내 심장이 네 심장과 맞닿아서, 네가 필요할 때마다 속삭이는 소리가 들릴 테니까."

이번에는 작은 목각 새를 집었다.

"자, 제일 예쁜 물건이야! 네가 어딘가에 도착해서 자리를 잡게

되면 이 목각 새를 창가에 놓아두거나 나뭇가지에 매달아 두도록 해. 이 목각 새는 연락병 역할을 하는 비둘기거든! 네가 자리를 비우면 날갯짓을 해서 하늘로 높이 날아올라 바다를 건너 우리한테 네 소식을 전해 줄 거야. 그러면 외할머니와 나는 이곳에서 너에게 따스한 미소를 보내 줄게!"

이제 짐 정리가 끝났다. 엄마는 바지를 두 겹으로 겹쳐 입은 다음, 그 위에 원피스를 껴입었다. 아빠도 옷을 몇 겹이나 겹쳐서 입었다. 그래야 배낭에 짐을 좀 더 넣을 수 있기 때문이었다. 그 위에 방수복을 입고서 배낭을 어깨에 멨다. 배낭이 비에 젖지 않도록 비닐 팩으로 꼼꼼하게 감쌌다.

나니와 엄마, 아빠는 외할아버지랑 외할머니와 짧게 작별 인사를 나누었다. 서로의 감정을 말로 표현할 여유가 없었다. 서둘러 떠나야만 했기 때문이다. 항구까지는 이십 킬로미터 정도 되었다. 그런 데다 산을 넘어가야 했다. 이 섬에는 골짜기가 꽤 많았다.

"얘들아, 너희를 사랑한다. 우리 마음을 눈에 꼭 담아 가거라. 그리고 우리를 영원히 잊지 말아라!"

외할아버지가 차례로 한 명씩 끌어안으며 말했다. 외할머니는 현관 밖까지 따라 나와, 딸 내외와 외손녀가 시야에서 완전히 사라질 때까지 시선을 떼지 않았다. 외할머니의 눈가에 맺힌 눈물방울이 빗줄기에 섞여 또르르 흘러내렸다.

아담한 돌집 안에서는 외할아버지가 진주처럼 영롱한 눈물을 손등으로 훔치며 간절한 마음으로 기도했다.

"신이 너희를 지켜 주시기를……."

외할아버지는 이 말을 끊임없이 되풀이했다.

물론 신을 믿는 일은 개인적인 취향이다. 하지만 세상을 살아가다 보면 신이 필요한 순간들이 있다. 아무래도 신을 믿으면 마음이 든든해지기 때문이다.

목숨을 건 탈출

엄마는 뒤를 돌아보지 않았다. 나니의 손을 잡고 걸어가는 아빠의 뒤를 천천히 따라 걸었다. 마음속으로 내내 기도를 했다. 하늘 높이 떠 있는 태양과 같은 분에게 부모님을 맡기면서…….

순간, 두려움이 훅 몰려왔다. 대자연의 위력 앞에서 한없이 작고 초라해진 자신이 너무나 무력하게 느껴졌다.

어린 시절, 말문이 막 터졌을 무렵에 외할머니가 들려주던 시구를 자기도 모르게 중얼거렸다.

하느님, 점심 식사 반찬으로

생선을 주셔서 감사해요.

밥도 감사해요.

나무 위에 매달린 과일들과

향기롭고 아름다운 꽃들도 감사해요.

앞으로 영원히 고마움을 표현할 기회가

없을지도 모르는 모든 것에 감사해요.

끝없이 베푸실 테니까요.

하지만 마지막 시구를 읊조릴 여유가 없었다. 아빠가 별안간 뒤돌아서서 걸음을 재촉했기 때문이다. 심지어 '하나, 둘!' 하고서 구령을 붙이기까지 했다.

나니의 발걸음은 걷는다기보다는 거의 달음박질에 가까웠다. 신발은 온통 진흙 범벅이었고, 조그마한 얼굴은 땀으로 흥건했다.

아빠의 성화로 시를 다 읊지 못한 엄마는 갑자기 걸음을 뚝 멈추었다. 과연 점심 식사로 생선 요리를 먹게 될 날이 다시 찾아올까? 왠지 굶주림에 허덕이는 날들이 이어질 듯한 예감이 가슴속으로 서늘하게 파고들었다.

"아빠, 왜 차를 안 타고 가요?"

나니가 큰 소리로 외쳤다. 나니의 목소리가 휘몰아치는 빗줄기를 뚫고 아스라하게 퍼졌다.

"위험해서! 바닥이 미끄럽잖아!"

아빠가 짧게 대답했다.

얼마나 걸었을까? 나니네 가족은 진창에 바퀴가 빠진 채 내팽개쳐진 자동차 무리와 마주쳤다. 먼저 떠난 이들이 버려 두고 간 것이 분명했다.

나니네 가족은 이제 도로를 벗어나 숲길로 접어들었다.

아빠는 섬을 떠나기로 결심하기까지 너무 오래 시간을 끌었다는 생각이 들었다. 그래서 어떻게든 그 시간을 만회하고 싶었다. 탈출하는 시간을 그만큼 단축하려고 미친 듯이 빠르게 움직였다. 시도 때도 없이 나니를 번쩍 들어 안은 채 장애물을 건너곤 했다.

숲속 나무들은 나니네 가족이 미끄러지려는 순간마다 가지를 뻗어서 보호해 주었다. 또, 나뭇잎들은 하늘에서 양동이로 퍼붓듯 쏟아지는 빗줄기를 막아 주며 지붕 역할을 너끈히 담당했다.

그 순간, 엄마가 갑자기 엉덩방아를 쿵 찧으며 몇 미터 아래로 쭉 미끄러졌다. 그 바람에 손을 놓친 나니는 하도 놀라서 간이 덜컹 내려앉았다. 휴! 다행히 엄마 옷이 나뭇가지에 걸려서 가까스로 멈춰 섰다. 하지만 아파할 겨를도, 옷을 털 시간도, 다리를 문지를 여유도 없었다.

"괜찮아?"

아빠가 달려와 다급히 물었다.

"응, 괜찮아."

엄마가 다리를 절뚝이며 힘겹게 대답했다.

"아빠, 몸이 홀딱 다 젖었어요!"

나니가 겁에 질린 얼굴로 외쳤다. 나니는 상자 안에 갇혀 버린 새처럼 심장이 자꾸 오그라들었다.

"괜찮아, 우리 모두 다 젖었어."

아빠는 애써 담담한 목소리로 말했다.

"아빠, 좀 천천히 가도 될까요?"

나니가 조심스럽게 물었다.

"아니, 그건 안 돼."

이번에는 꽤 단호한 목소리였다.

순간, 나니는 비에 홀딱 젖은 허수아비가 된 듯한 기분이 들었다. 앞으로 어떤 일이 벌어질지는 모르지만, 가족 모두 힘든 시기로 접어들었다는 것만은 확실했다.

최대한 엄마 아빠를 도와야 했다. 그래서 마음을 굳게 먹었다. 두 다리를 억지로 추켜세우며 앞으로 달려갔다. 빗줄기가 사납게 내리꽂혀서 다리가 자꾸만 제멋대로 움직였다. 빗줄기는 아무도 막을 수가 없었다.

나니는 입을 꾹 다문 채 속으로 다짐하고 또 다짐했다.

'아무 생각도 하지 마. 무서워하지도 마. 그냥 꼬마 로봇처럼 행동하는 거야!'

이제부터 긍정의 아이콘이 되는 거다. 그러자 쏟아지는 빗줄기에 대한 불평이 사그라들면서 피로감이 조금 줄어들었다.

나니네 가족은 곧 앞서간 이들을 따라잡았다. 사람들은 너나없이 어깨에 배낭을 짊어진 채 아이들의 손을 잡고 있었다. 두려움에 잔뜩 짓눌린 표정으로 그저 앞으로 앞으로 달려갔다.

엄마는 혹시라도 아는 이가 있는지 보려고 주위를 연방 두리번거렸다.

'포뉘 아닌가? 혹시 모뉘라와 파이인가?'

엄마는 사람들의 모습을 일일이 살피며 속으로 중얼거렸다.

그러다 그만 친구 찾기를 포기해 버렸다. 빗줄기가 시야를 완전히 가려 버렸기 때문이다. 물안개가 피어올라 주위의 얼굴이 모두

희미해졌다. 그래서 흐릿한 수채화처럼 사람들의 모습이 전부 비슷비슷해 보였다. 다들 하나같이 내달리고 있었다. 마치 자연의 엄청난 재앙이 몰려오기 전에 앞다투어 도망치는 개미 떼 같았다.

사실 서로를 알아볼 겨를이 없었다. 그저 최대한 빨리 항구로 달려가야 했다.

아까보다 더 강력해진 빗줄기가 사람들 머리 위로 사납게 쏟아졌다. 게다가 모든 것을 송두리째 뽑아 버릴 기세로 세찬 바람까지 불어 댔다. 하늘이 수문을 활짝 열어 놓은 듯했다.

나니는 바람에 날아가지 않으려고 온 힘을 다해 아빠를 꼭 붙들었다. 나뭇가지들이 사방으로 휘둘리다가 비바람에 꺾여 버렸다. 아직까지 무사한 나무들은 땅속 깊이 박힌 뿌리로 몸통을 지탱해 내느라 안간힘을 썼다.

지금은 무조건 각자 살아남아야 했다. 제아무리 웅장한 숲도 더 이상 누군가를 보호해 줄 수 없었다. 때로는 숲이 도리어 위험 요소로 돌변하기도 했다.

아빠는 빗줄기 때문에 앞이 보이지 않자 발걸음을 조금 늦췄다. 사나운 비바람 속에서 나뭇가지들이 사방에서 우두둑우두둑 꺾여서 날아다녔다.

순간, 나니가 날아오는 나뭇가지를 피하느라 비명을 빽 질렀다. 아빠는 바위 사이로 보이는 집을 가리키며 소리쳤다.

"저기로 가자!"

나니네 가족은 서둘러 그쪽으로 달려갔다. 현관문 앞에 이르자, 아빠가 다급히 문을 두드렸다. 하지만 아무 대답도 들리지 않았다. 아빠는 문고리를 돌려 현관문을 열었다.

집 안은 텅 비어 있었다. 아무도 없었다.

아빠는 곧 엄마와 나니를 집 안으로 밀어 넣었다.

"다들 짐을 내려놔!"

잠시 후, 욕실로 들어가 수건을 가져왔다. 아빠는 먼저 자신의 몸을 닦은 뒤 엄마에게 수건 한 장을 건넸다.

그러고는 나니가 비옷 벗는 걸 도와주었다. 나니는 넋이 나간 듯이 멍한 표정으로 서 있었다. 아빠는 나니의 몸을 수건으로 정성스레 닦아 주었다. 얼굴, 머리카락, 어깨, 팔……. 마음 같아서는 머릿속 생각까지 다정하게 닦아 주고 싶었다. 사실 어린 딸이 감당하기에는 너무나 벅찬 일이었다.

"우아, 빗줄기가 엄청나! 바람도 굉장하고! 이런 날씨는 생전 처음이야!"

아빠는 일부러 큰 소리로 과장되게 말하고는 부엌으로 가서 먹을 것이 있는지 살펴보았다. 바구니에 과일과 비스킷이 담겨 있었다. 게다가 냉장고에는 구운 생선 조각이 남아 있었다.

"세상에, 감사해라."

엄마 얼굴에 미소가 피어올랐다. 아까 하느님이 가족을 먹여 주실 것을 잠시나마 의심한 자신이 부끄러워졌다. 평소에는 재치쟁이 하느님이 다양한 형상으로 모습을 드러낸다는 사실을 잘 알고 있었는데도…….

"운이 좋네! 자, 아쉬운 대로 이거라도 먹자!"

아빠는 먹을 것을 꺼내 와 탁자 위에 늘어놓았다. 그러고는 거위에게 모이를 주듯 포크로 음식을 하나씩 찍어 나니에게 떠먹여 주었다.

"먹을 게 있을 때 많이 먹어 둬야 해! 전부 다 맛있네!"

아빠가 다정하게 말했다.

나니는 배가 불러 오자 졸음이 슬슬 몰려오기 시작했다. 그러자 아빠가 자리를 박차고 벌떡 일어섰다.

"나니야, 잠을 자면 안 돼!"

아빠는 빠르게 짐을 챙겼다.

어느새 집을 떠난 지 다섯 시간이 지났다. 주위가 어둑어둑해질 무렵에야 나니네 가족은 항구 어귀에 도착했다. 대피소는 온통 난장판이었다. 건물마다 사람들로 바글거렸다. 바다의 신을 기리는 축제일에 퀴아아퉈 신에게 제물을 바치려고 새벽부터 사람들로 들끓던 때보다 훨씬 더 심했다.

나니네 가족은 사람들 사이를 비집고 들어가 처마 밑에 짐을 내려놓았다.

"배편이 어떻게 되는지 알아보고 올게! 여기서 꼼짝 말고 기다리고 있어. 안 그러면 서로 잃어버릴 테니까. 사람들이 밥그릇 속의 밥알보다 더 많아!"

아빠가 신신당부를 했다.

"알았어요!"

엄마는 상황이 위급하긴 해도 홀로 섬을 떠나는 것이 아니라는 사실만으로 안도하며 대답했다. 그러고는 곁에 있는 사람들에게 애써 미소를 지어 보였다.

그러자 옆에 있던 아줌마가 똑같이 미소로 답했다.

"댐이 벌써 물에 잠겼대요! 섬이 곧 가라앉을 거래요! 모래사장은 진작에 사라졌다지 뭐예요!"

"언덕도 마찬가지예요. 집은 진작에 잠겨 버린걸요! 바다가 유일한 탈출구인데, 풍랑이 심해지고 있어서……. 대형 선박이 어서 와야 한다니까요!"

다른 사람이 거들었다.

사람들은 앞다투어 불평을 쏟아 내었다. 엄마는 집에 두고 온 부모님이 떠올라서 마음이 편치 않았다. 지금 어떡하고 계실까? 거동하기도 힘드실 텐데…….

생각이 거기에 미치자 갑자기 숨이 턱 막혔다. 두려움에 사로잡히려는 순간, 나니의 모습이 엄마를 가까스로 고통에서 벗어나게 해 주었다. 정신을 똑바로 차려야 했다. 어린 딸을 책임져야 하니까! 나니는 반드시 돌봐야 할 보물이니까!

그러고는 기분을 달래려고 나니의 얼굴을 사랑스럽게 어루만졌다. 엄마는 짐 쪽에 몸을 기대고 앉아 나니를 무릎에 누인 후 양팔로 끌어안고 노래를 흥얼거렸다.

소라야,

너는 바다에 살지.

너는 문어의 먹이지.

너는 문어한테 잡아먹히지.

소라야…….

나니가 아주 어린 아기였을 때, 이 자장가를 얼마나 자주 불러 주었던지……. 엄마의 품속은 물결을 따라 부드럽게 일렁이는 돛단배 같았다.

그동안 아빠는 군중 사이를 뚫고 일반 구역이나 다름없는 항만 사무소로 들어섰다. 그곳에서 마을 지도자들이 모여 의견을 나누며 상황을 파악하는 중이었다.

실제로 섬이 가라앉고 있었다. 탈출을 서두르지 않으면 안 되었다. 이틀 전에 미리 들어와 정박해 있던 선박이 이천 명의 주민들을 육지로 실어 날랐다.

"배가 되돌아온다고 약속은 했지만 지금은 아무것도 장담할 수 없어요!"

누군가 소리쳐 말했다.

"제발 돌아왔으면……. 안 그러면 교통수단이 아예 끊겨 버려서 죄다 발이 묶일 거야!"

다른 사람이 외쳤다.

"이제 전기도 안 들어와요. 자가 발전으로 주요 등대만 겨우 작동하고 있다니까요."

세 번째 사람이 덧붙였다.

그때 항구 여기저기에 놓인 석유 등이 불빛을 환히 밝혔다.

섬이 가라앉고 있다고?

다음 날, 해가 뜨기도 전에 모두 일찍 눈을 떴다. 아빠는 빗물로 얼룩진 창문을 바라보며 몸을 일으켰다.

"어제 저녁에 임무가 떨어졌어. 다른 사람들이랑 같이 식량을 구하러 가야 해. 항구 책임자들이 구역을 정비한 뒤 선발대로 떠날 사람들을 제비뽑기로 정할 거야."

"알았어요."

아빠 말에 엄마가 나직이 대답했다.

엄마는 할 수 있는 한 모든 것을 순순히 받아들이려 애썼다.

"나니는 좀 더 자게 내버려 둬. 혹시 배가 고프면 삼층에 가 봐.

거기에 식량 저장고가 있거든. 옆방에 수건이랑 이불이 있고."

그러고는 다른 사람들과 함께 밖으로 나갔다.

백 명 단위로 묶어서 그룹을 나누자 모두 42개 그룹이 구성되었다. 다행히 나니네 가족은 선발대 그룹에 속했다. 사실 나니만 아니라면 배를 늦게 타도 별문제가 없었다. 굳이 특혜를 받고 싶지는 않았다. 하지만 그 무엇보다 나니가 우선일 수밖에 없었다. 적어도 나니의 생명만큼은 구해야 하니까!

엄마는 항구의 도장이 찍힌 종이 위에 그룹 번호가 적혀 있는 걸 확인하고서 작게 접어 가방에 집어 넣었다. 그때 한 남자가 메가폰을 들고 외쳤다.

"배가 도착했을 때 혼잡을 피하려면 그룹별로 줄을 서세요. 아직 여유가 있습니다! 집중해 주세요. 아주 중요한 일입니다! 절대로 먼저 앞으로 뛰어나가면 안 됩니다! 다 같이 구조되려면 침착하게 행동해야 해요! 이천 명이 배에 다 타려면 시간이 꽤 오래 걸리니까요."

잠시 후, 엄마와 아이들이 한자리로 모였다. 지루한 시간을 달래기 위해서였다. 곧장 놀이 팀이 짜여졌다. 생사가 불확실한 열악한 상황인데도, 한쪽 구석에서는 환호성이 울려 퍼졌다. 간간이 노랫소리도 들려왔다.

"소라 나팔 소리네!"

엄마가 깜짝 놀란 듯 말했다.

다들 손뼉을 쳤다! 앙증맞은 입 사이로 하얀 치아가 수줍게 드러나며 웃음꽃이 한가득 피어났다. 어디에선가 기타와 탬버린까지 등장해 한껏 흥을 돋우었다. 비는 이제 더 이상 오늘의 주인공이 아니었다.

그때 아빠가 다른 사람들과 함께 사탕 보따리를 한 아름 들고 나타났다. 오렌지 맛, 딸기 맛, 바닐라 맛……. 백화점에서 찾아낸 것이라고 했다. 어린아이들은 비닐봉지 속에 손을 넣어 사탕을 고르느라 정신이 없었다.

반짝이는 작은 눈, 부스럭대는 사탕 껍질 소리, 지칠 줄 모르고 퍼부어 대는 비……. 비를 피해 모인 대피소에서 사탕이 가져다준 행복이 얼마나 컸던지, 마치 봄날이 찾아온 듯했다.

하지만 기쁨도 잠시뿐이었다. 시간이 흐를수록 두려움이 몰고 온 어둠의 그림자가 거대한 새의 날개처럼 섬을 뒤덮었다. 불안이 온 땅에 가득했다.

섬을 갉아먹기라도 하듯 물이 차오르기 시작했다. 곧 어른들이

정한 그룹의 번호가 호출되었다. 첫 배에 타고 싶어서 웃돈을 얹어 주겠다며 유혹하는 이들도 여럿 있었다. 사람들의 두려움을 이용하다니! 얼마나 악랄한 짓인지.

사람들은 사흘 내내 바다와 하늘을 가르는 수평선만 바라보았다. 그래 봤자 오십 미터 너머로는 아무것도 보이지 않았다. 다른 세계와 분리되어 홀로 서 있는 섬은 그저 물속으로 하염없이 빠져 들어갔다.

사방이 물로 흥건해지자 긴장감이 감돌았다. 서로 말은 안 해도 섬 주민 대부분은 곧 물속으로 빠질지 모른다는 두려움에 휩싸였다. 섬 남쪽은 이미 절반가량이 물에 잠겨 버렸다. 아이들이 해맑게 뛰어노는 동안에도 어른들은 어떤 신한테 기도를 해야 이 고비를 무사히 넘길 수 있을지 고민했다.

바로 그때, 쏟아지는 빗줄기와 짙게 드리운 구름을 뚫고서 깊고 웅장한 뱃고동 소리가 들려왔다.

우우우웅.

잠시 후, 짙은 안개 사이로 거대한 선박의 머리가 모습을 드러냈다. 항구 쪽에서 건물을 집어삼킬 듯한 함성이 일었다. 사람들이 고함을 지르며 빗속으로 쏟아져 나와 순식간에 아수라장을 이루었다. 모두들 자신의 가족을 찾고 짐을 챙기느라 바빴다.

집단적인 공황 상태가 일어났다. 침착함도, 질서도, 벽보에 적힌 순서도 모두 무용지물이 되었다. 팔천 개의 다리가 공포라는 괴물이 지르는 괴성을 피해 짐승처럼 부두를 향해 마구 돌진했다.

엄마는 이런 혼란이 익숙지 않았다. 나니의 손을 잡고 안마당 쪽으로 몸을 피했다. 엄마의 내면에서 두려움이 급격히 고개를 쳐들었다. 두려움을 떨쳐 내려고 고개를 흔들며, 나니를 꼭 끌어안은 채 소리쳤다.

"자넷! 자넷!"

아빠는 엄마에게 반석 같은 존재니까! 나니는 엄마 목을 꽉 끌어안았다.

"나, 여기 있어!"

그때 아빠가 나타나 두 사람의 손목을 잡아끌었다.

"걱정하지 마. 우리는 다음 배를 타면 돼! 다른 배가 곧 올 거야!"

아빠가 말을 끝내기 무섭게 수평선 너머로 '우우우웅!' 하고 다른 선박의 뱃고동 소리가 들려왔다. 선박은 한 척만 들어온 것이 아니었다.

그제야 사람들이 안심한 듯 숨을 내쉬며 몸을 부르르 떨었다. 그러나 여전히 항구는 난장판이었다. 여기저기서 사람들이 넘어지고 짓밟혔다. 옷이 찢어지거나 온몸이 긁히거나 팔이 부러진 사람도 있었다. 심지어 어떤 할아버지는 바닥에 깔려 목숨을 잃을 뻔했다.

키가 나니보다 조금 더 큰 소년이 그 할아버지 쪽으로 급하게 뛰어들며 소리쳤다. 소년의 얼굴이 금세 공포로 일그러졌다. 대체 다들 무슨 짓을 저지르고 있는 것일까?

사람들은 소년의 손목을 낚아채 할아버지에게서 떼어 냈다. 한 아주머니가 할아버지에게 다가가 가슴에 귀를 대고 심장이 뛰는지를 살폈다. 하지만 이미 늦은 상태였다. 할아버지는 이미 이 세상 사람이 아니었다. 심장 박동이 멎어 있었다.

어떤 아저씨가 할아버지의 겨드랑이에 두 손을 넣어 일으키려고 했다. 그러다 힘에 부쳤는지 다른 사람들에게 도움을 청했다. 남자들 몇몇이 할아버지 시체를 들어 올려 처마 밑으로 옮겨 놓았다. 소년이 어기적거리며 그쪽으로 다가갔다.

소년의 이름은 세메오였다. 섬 언어로 '기적' 혹은 '놀라운 징조'라는 뜻이었다. 엄마는 남자들에게 둘러싸여 있는 소년의 얼굴을 보고서 어찌 된 상황인지 재깍 알아차렸다.

소년의 표정이 사뭇 심각했다. 이제 더 이상 '할아버지!'라고 외치지 않았다. 할아버지가 더는 들을 수 없다는 사실을 깨달았기 때문이다. 할아버지는 작별 인사도 없이 홀연히 죽음의 강을 건너가 버렸다.

세메오는 눈물을 훔치며 자리에서 일어나더니, 할아버지를 어디에 묻어야 할지 침착하게 물었다. 할아버지는 세메오의 유일한 피붙이였다. 아니, 서로에게 유일한 가족이었다. 둘은 늘 붙어 다녔다.

비바람이 몰아치는 하늘 아래 할아버지 유해를 계속 방치해 둘 수는 없었다. 이 섬에서 할아버지를 묻을 땅을 찾아야 했다. 할아버지의 장례를 치러야 하니까!

세메오는 고개를 들더니 주위를 둘러싼 어른들을 노려보았다. 그들에게 책임을 묻고 싶었다. 하지만 할아버지는 이미 이 세상 사람이 아니기에 현실을 받아들일 수밖에 없었다.

세메오가 말했다.

"할아버지는 대추야자를 좋아하셨는데……."

"항구 뒤쪽으로 몇 미터 가면 대추야자나무가 있단다."

마음씨 착한 아줌마가 알려 주었다.

"그쪽으로 갑시다."

할아버지를 등에 업은 아저씨가 말했다.

"삽을 찾아서 가져갈게요."

아빠가 말했다.

아빠는 어디론가 사라지더니 삽 세 개를 찾아서 들고 왔다. 엄마는 묘지 파는 일을 도와줄 만한 사람들을 데려왔다.

실제로 항구에서 몇 미터 떨어지지 않은 곳에 대추야자나무가 폭풍우와 싸우며 외롭게 서 있었다. 사람들은 머리를 숙이고 등을 굽힌 채 땅을 파기 시작했다. 비에 흥건히 젖은 땅은 금방 속내를 드러내며 할아버지의 주검을 묵묵히 받아들였다.

할아버지를 땅에 묻고 나자 세메오가 나직이 말했다.

"혼자 있게 해 주세요."

주위를 적시는 빗줄기, 홀로 서 있는 대추야자나무, 그 아래의 쓸쓸한 무덤, 그리고 외톨이가 된 소년을 남겨 둔 채 모두들 항구로 발길을 돌렸다.

세메오는 대추야자나무 몸통에 손을 얹었다.

"우리 할아버지를 잘 돌봐줘. 할아버지와 영원히 함께 있어 줘. 네 뿌리로 할아버지를 꼭 지켜 드려. 할아버지는 늘 나와 함께할

거야."

세메오는 이렇게 말하고서 천천히 몸을 일으켰다. 그러나 발걸음이 쉽게 떨어지지 않는지 몇 번이나 바닥에 다시 주저앉았다. 어느 순간, 무릎에 머리를 묻고 엉엉 울기 시작했다.

"저 애를 혼자 두고 갈 수는 없어."

엄마가 차마 발걸음을 떼지 못한 채 말했다. 아까부터 세메오한테서 시선을 거두지 못하고 있었다.

"여보, 우리가 데려갈까?"

아빠는 엄마 말에 두말하지 않고 고개를 끄덕였다. 아마도 아까부터 같은 생각을 하고 있었던 모양이었다.

"나니야, 네 생각은 어때?"

엄마가 나니에게 물었다. 나니도 같은 생각이었다.

몇 분 후, 세메오는 뭔가에 홀린 듯이 대추야자나무 곁을 떠났다. 상처 입은 소년은 미처 의식하지 못하고 있었지만, 그 순간 구름 뒤에 숨어 보이지 않던 별들이 세메오의 발걸음을 처마 밑으로 이끌었다.

그곳에서 나니네 가족은 쏟아지는 빗줄기를 가까스로 피하며 차분하게 세메오를 기다렸다. 세메오가 처마 밑으로 들어서자, 셋이 곧장 다가가 다정히 안아 주었다. 그러고는 마치 왕 앞의 기사처럼 아빠가 세메오 앞에 무릎을 꿇고 앉았다.

"우리 가족이 되어 줄래?"

아빠는 지금 기사처럼 장갑을 끼고 형식을 갖출 여유가 없었다. 그래서 세메오에게 아예 대놓고 물은 것이었다.

세메오는 아직 넋이 나간 것 같았다. 그러다 한참 만에야 상황을 깨달은 듯, 두 눈이 희망으로 반짝이기 시작했다. 세메오는 천천히 고개를 끄덕였다.

"좋아, 나는 자넷이라고 해!"

아빠가 말했다.

"나는 유미!"

엄마가 말했다.

"나는 나니!"

나니도 거들었다.

세메오가 손등으로 눈물을 훔쳤다.

"몇 살이야?"

세메오가 나니한테 물었다.

"열두 살."

나니가 환히 웃으며 대답했다.

우연의 일치였을까? 둘은 동갑내기였다! 선발 그룹의 마지막 사람들이 배에 오르는 동안, 나니네 가족과 세메오는 처마 밑에서 두런두런 이야기를 나누며 서로를 조금씩 알아 갔다.

안녕, 아름다운 나의 섬

두 시간 후, 첫 번째 선박이 떠나고 두 번째 선박에 오를 차례가 되었다. 이천 명의 섬 주민들은 계속해서 비가 내리는 가운데 차분히 배에 올랐다.

배의 갑판 아래쪽은 이층, 위쪽은 삼층으로 되어 있었다. 먼저 배에 오른 사람들은 선실을 차지했지만, 나니네 가족처럼 나중에 탑승한 사람들은 갑판 여기저기에 흩어져 자리를 잡았다.

나니네 가족은 밤이 깃들자 어렵사리 잠을 청했다. 배는 즉시 출항할 기미를 보이지는 않았다. 밤의 어둠이 나니네 가족을 날개로 포근히 감싸 주었다.

다음 날 새벽이 밝아 오자, 선박은 그 섬에 남겨진 것들은 아랑곳하지 않고 텅 빈 부두를 뒤로한 채 '우우우웅!' 하고 출항 준비를 서둘렀다.

밀물을 두려워하지 않는 큰 바닷새 몇 마리만이 배 주위에서 한가로이 어슬렁거렸다. 제 모습을 되찾은 사무실 간판 위에는 늙은 선장이 분필로 써 놓은 글씨가 어른거렸다.

2월 17일,

용기를 잃지 마세요. 생존자 몇 분을 제3건물에 두고 갑니다.

마지막 배는 일주일 후에 올 겁니다.

나니네 가족은 배 난간에 몸을 기댄 채 폭우가 삼킨 섬이 멀어져 가는 광경을 지켜보았다. 섬은 마치 설탕 조각처럼 사르르 녹아서 사라져 갔다.

나니는 목이 메어 와서 편지를 넣어 둔 가슴 쪽 주머니 위에 손을 얹었다. 섬의 모습을 머릿속에 새겨 두려고 안간힘을 썼다. 탑승 인원에 대한 점검이 끝나는 동안, 나니는 사랑하는 모든 것들에게 작별을 고했다.

야자나무와 레몬나무, 아몬드나무, 히비스커스, 폴리네시아의 아름다운 꽃들!

나니는 섬의 바람과 나뭇잎 사이로 풍기는 흙 내음에게 작별 인사를 전했다. 갈매기와 앵무새들한테도! 이층집과 돌층계에게도 인사했다. 틈만 나면 돌층계에 앉아 노닥거렸는데…….

섬을 둘러싼 푸른 바닷물 속에 사는 아름다운 가시나무고기, 흰동가리, 가자미에게도……. 바다거북과 긴부리돌고래와도 작별했다! 아름다운 산호초와 멋진 조개와도 이별을 나누었다.

나니는 지금쯤 거실을 어슬렁거리고 있을 외할머니한테도 작별을 고했다. 요리를 하고 있는 외할머니, 꽃병에 꽃을 꽂고 있는 외할머니……. 아, 휠체어에 앉아 있는 외할아버지에게도!

"안녕, 사랑하는 섬이여. 영원히 잊지 않을게."

아빠가 울먹이는 목소리로 말했다.

"안녕, 아름다운 섬."

엄마의 두 눈에서 눈물이 흘러내렸다. 바다 내음이 담긴 눈물이…….

썩은 씨앗에서는 싹이 트지 않는다

나니, 세메오, 엄마, 아빠, 그리고 수많은 사람들은 각자 자리를 잡고 나자 서로 말을 아꼈다. 다들 지쳐 있었다. 지난날들이 너무나도 고통스러웠다. 그래도 이겨 내야만 했다.

나니네 가족은 섬에 가족을 놔둔 채 맨몸이나 다름없는 신세로 떠나왔다. 온몸을 수건으로 돌돌 감싸고서 실낱 같은 희망을 기대하며 파도에 몸을 실은 것이었다.

“이제 어디로 가요?”

엄마가 물었다.

“모르지. 어디든 육지로, 안전한 땅이 있는 곳으로, 우리가 편안히 지낼 수 있는 곳으로. 우리에겐 선택의 여지가 없어."

아빠가 힘없는 목소리로 대답했다. 그러고는 바닥에 벌러덩 드러누웠다. 잠시 후, 아빠는 그대로 잠이 들어 버렸다.

나니는 세메오에게 슬그머니 다가갔다.

"우리도……, 우리도 섬에 외할아버지를 두고 왔어."

그들은 갑판에 함께 모여 있기는 했지만, 바다와 바람과 모터 돌아가는 소리 때문인지 마치 누에고치 속에 갇힌 외톨이처럼 고립된 듯이 느껴졌다.

나니는 마음속에서 큰 옷장의 문을 열어 추억으로 가득한 책을 한 권 꺼내 펼쳤다.

"외할아버지는 열 살 때 부모님과 함께 엄청난 사고를 당하셨어. 자동차가 골짜기로 굴러떨어졌거든. 부모님은 그 자리에서 돌아가셨지. 외할아버지는 다리를 움직일 수 없게 되셨고.

외할아버지가 골짜기에서 어떻게 빠져나와 도로 위로 올라오셨는지, 어쩌다 그 순간 양치기가 외할아버지를 발견했는지는 아무도 몰라. 어쨌든 양치기는 외할아버지를 발견하자마자 양 떼를 내팽개치고 급히 병원으로 데려갔는데, 이미 의사들이 손을 쓸 수가 없는 상태였대.

외할아버지는 그길로 다리가 마비되어 다시는 걷지 못하게 되셨지. 그래서 우리가 섬을 떠날 때 함께 오지 못하셨어. 외할머니랑 외할아버지는 그곳에 남을 수밖에 없으셨던 거지. 두 분은 말로 다 표현하지 못할 정도로 서로 사랑하신대. 사랑은 엄청난 힘이 있어서 무엇이든 다 뛰어넘을 수 있다나?

우리가 떠나기 전, 외할아버지는 나와 영원히 함께하고 싶다며 세 가지 선물을 주셨어. 내가 어른이 되어서 집을 지을 때 쓰라고 섬의 돌이랑, 우리가 정착하면 외할아버지가 걱정하지 않도록 소식을 전할 목각 새랑, 늘 품에 지니고 다니라면서 편지 뭉치를 주셨는데……. 아직 편지를 읽어 보지는 못했어. 같이 읽어 볼래?"

"응."

세메오가 고개를 끄덕였다.

나니는 한숨을 폭 내쉬더니 겹쳐 입은 원피스 속으로 손을 밀어 넣어 비닐봉지를 꺼냈다. 그러고는 첫 번째 편지를 또박또박한 목소리로 읽기 시작했다.

나니는 마음속에서 외할아버지 목소리가 메아리쳐 들려오는 것만 같았다. 그 순간, 세메오 역시 자신의 할아버지를 떠올리고 있었다. 할아버지가 귓가에서 부드러운 목소리로 속삭이는 듯했다.

세메오가 속내를 털어놓았다.

"나는 할아버지를 마노(섬 언어로 '상어'를 의미한다.)라고 부르곤 했어. 나의 유일한 가족이었지. 언제까지나 나를 보호해 주겠다고 약속하셨는데……."

"그렇게 하실 거야! 할아버지는 돌아가신 게 아니야. 단지 꼭꼭 숨어 있을 뿐……."

나니가 세메오를 애써 다독였다.

갑자기 세메오가 처량하게 어깨를 들썩였다. 세메오도 그렇게 믿고 싶었다. 그래야 마음이 훨씬 편해질 테니까. 하지만 냉정하게 말하면 그건 그저 빈말에 지나지 않았다. 할아버지가 사람들에게 짓밟혀 쓰러지는 광경을 두 눈으로 똑똑히 보았으니까. 게다가 할아버지를 대추야자나무 아래에 묻기까지 했는데…….

"편지를 날마다 한 통씩 함께 읽는 거 어때?"

나니가 대뜸 물었다.

그때 마침 밥과 물과 생선구이가 담긴 식판이 배분되었다. 허기질 대로 허기진 배를 위한 깜짝 선물이었다. 갑자기 기분이 좋아졌다.

하루가 그렇게 흘러갔다. 빗줄기가 조금 잦아들었다.

문득 나니의 머릿속에 한 장면이 스쳐 지나갔다. 외할아버지가 마음속의 큰 옷장 서랍 가운데 왼쪽으로 다섯 번째 서랍에서 별 하나를 꺼내 '후' 하고 나니한테 날려 보내는 광경이었다. 남십자자리에 있는 보석 상자의 별을……. 나니는 돌집 창문가에서 외할아버지와 함께 별빛으로 가득한 하늘을 늘 바라보곤 했다.

'내일은 별을 봐야지.'

나니는 이렇게 중얼거리고는 몸을 이리저리 뒤척이다 곧 잠 속으로 빠져들었다. 세메오도 좋아할 것이 분명했다.

파도가 높아서 선박은 시속 15노트 정도로 달렸다. 다음 날이 되어서야 가까스로 폭우를 벗어났다.

아빠와 나니, 세메오는 뱃머리에 서서 오랜만에 보는 태양한테 인사를 건넸다. 그리고 사뭇 잔잔해진 바다의 물결에 고마움을 전했다. 바다는 이제 으르렁대는 회색빛 용의 모습을 벗고 진줏빛과 푸른빛의 맑은 얼굴을 되찾았다.

아빠는 가운데 서서 두 아이의 어깨를 양팔로 감쌌다. 화창한 날씨 덕분일까? 머리가 한결 상쾌해지는 듯한 느낌이 들었다. 아빠는 애써 흥분된 감정을 누르려 노력했다.

"곧 육지가 나타날 거야."

아빠가 말했다.

"알아요. 그런데 이제 우리는 어디에서 살아요? 살 집이 있기는 할까요?"

나니가 근심 어린 얼굴로 물었다.

"언젠가는 살 집이 생기겠지. 처음에는 가라는 곳으로 가야 해."

아빠가 코를 찡긋했다.

"한동안은 안락함을 기대하기 힘들지 않을까? 동물처럼 한쪽 구석에 갇혀 지낼지도 몰라. 그렇더라도 정신을 바짝 차리고 꾹 참아내자. 한꺼번에 많은 사람을 받아들이려면 누구든 힘들 수밖에 없거든. 아빠 말, 알아들었니?"

"맞아요."

아이들이 맞장구를 쳤다.

"배가 정박하기를 기다리는 동안 주위를 한번 돌아봐! 드디어 비가 그쳤어. 우리 모두 함께 살아남은 거야! 뱃머리 쪽에서 그동안 누가 우리를 지켜 주었는지 보러 갈래?"

아빠가 침착하게 말했다.

"네!"

아이들이 힘차게 대답했다.

아빠가 아이들을 배의 갑판 쪽으로 이끌었다.

"저기 좀 봐. 날치들이야! 춤추는 가오리랑 돌고래 떼도 있어! 옛날부터 바다에서 살아오던 동물들이지! 인간이 출현하기 훨씬 전, 그러니까 몇백만 년 전부터 말이야! 사실 바다는 이런 물고기들의 세계지. 어제 파도가 높이 칠 때, 이 물고기들이 선장님을 도와주었어. 물고기들이 선박의 오른쪽을 지탱해 주었거든!"

아빠는 아이들과 함께 바닥에 앉았다.

"책상다리를 하고서 등을 쭉 펴 봐."

아빠가 아이들의 자세를 바로잡아 주었다. 셋은 동그랗게 모여 앉아 서로를 마주 보았다.

아빠가 다시 말문을 열었다.

"오래전, 아주아주 오래전에 생명체가 미세한 세포 형태로 이 땅에 나타났어. 세월이 흐르면서 이 세포들이 자라 서로 교체되고 증식하면서 최초의 연체동물과 지렁이가 탄생했지. 그다음에는 식물들이 나타나고, 수중 동물이 생겨나고, 마지막으로 최초의 육지 동물이 등장했어.

너희도 공룡에 대해 들어 본 적 있지? 삼억만 년 전에 공룡들이 나타났거든. 그 뒤로 꽃들이 생겨났어. 티라노사우루스를 비롯한 공룡들 이후로 꽃들이 부드러운 빛으로 즐거움을 선사해 주었지. 마치 살아 숨 쉬는 존재를 위한 은총 같았어."

"맞아요, 외할머니가 머리에 꽂았던 히비스커스도요! 아름다운 티아레도!"

나니가 흥분해서 소리쳤다.

아빠가 말을 이었다.

"그래, 맞아! 공룡이 사라진 틈을 타서 포유류들이 늘어나기 시작했어. 몇몇 원숭이들이 발달하면서 그중 똘똘한 녀석들은 나무에서 내려와 두 발로 서게 되었지. 그렇게 해서 호모 에렉투스가 탄생했단다. 인간이 두 발로 서게 되었다고! 우리 조상들이……. 그 후에 호모 하빌리스가 나타나서 옷을 입고 도구를 사용했지. 이백만 년 전에 우리 같은 호모 사피엔스가 출현했고. 한마디로 똑똑한 인간이라 할 수 있지!

내가 말하고 싶은 건 바로 이 부분이야. 현재 땅에 퍼져 사는 사람들은, 즉 전 세계의 섬과 대륙에 퍼져 사는 사람들은 모두 호모 사피엔스라는 한 조상의 후손이라는 거. 그러니까 우리 모두는 한 어머니의 후손이야!

우리보다 코가 작고 머리가 곱실거렸어. 이 어머니는 이백만 년 전에 아프리카에서 태어났지. 세계를 보는 아름다운 두 눈과 세계를 잡을 작은 손과 사랑을 품기 위해 넓은 마음을 지닌 작은 흑인 어머니…….

그녀를 상상해 봐. 그녀가 아기를 임신하고, 그 아기가 자라서 다시 임신해 후손들이 점차 전 세계로 퍼져 나간 거야. 그 후부터 살아가는 환경과 거주하는 지역의 기후에 따라 사람들의 모습이 다양해졌지.

말하자면 백인은 상대적으로 시원한 곳에 살아서 얼굴색이 밝은 거야. 그리고 다양한 언어가 생겨났어. 또, 민족마다 자신들만의 독특한 세계를 세우며 새로운 문화를 창조해 나갔지. 그렇게 다양한 민족들이 각자의 문화를 생성하며 서로 구별되기 시작했어. 여행을 하다 보면 너무나 다르게 생긴 사람들을 만날 때가 있잖니?

하지만 그런 온갖 다양성에도 불구하고 우리 모두는 한 어머니의 뱃속에서 나온 사람들이야. 그래서 우리 몸은 모두 동일한 체계로 작동한다는 사실을 명심해야 해. 육지 사람들을 만났을 때 꼭 기억하렴. 우리 모두는 한 형제이고, 근본적으로 같다는 사실을……. 알았지?"

두 아이는 방금 들은 얘기가 다소 충격적이어서 잠시 할 말을 잊었다. 그러다 나니가 먼저 입을 열었다.

"아빠 말씀대로라면 저랑 세메오도 어차피 한 형제겠네요?"

"맞아. 우리 모두는 한 형제야! 게다가 세메오는 우리가 입양했으니까 엄연히 우리 가족이야! 세메오, 우리 가족이 된 걸 환영해! 참, 아버지와 어머니 성함이 뭐니?"

아빠가 물었다.

"파라티나, 그리고 타노예요!"

세메오가 대답했다.

"좋아, 파라티나와 타노의 아들이며 마노의 손자인 세메오, 우리 가족이 된 걸 진심으로 환영한다. 앞으로 우리가 살 집은 네 집이기도 해. 우린 함께 밥을 먹고 잠을 잘 거야."

아빠가 미소를 지으며 한 가지를 덧붙였다.

"참, 육지 사람들이 우리의 겉모습이 서로 달라서 무서워하며 선뜻 받아들이지 못할지도 몰라. 땅과 양식을 나누어 주기 싫어할 수도 있고. 우리도 받기만 하는 게 아니라 베풀 수 있다는 걸 보여 줘야 해. 우리도 그들과 비슷하다는 사실을 알려 주는 거지. 하늘이 모든 걸 앗아 가서 맨몸으로 왔지만, 우리가 거지는 아니잖니? 우리는 엄연히 자유의 몸이야. 충분히 그럴 자격이 있어. 지금까지 살아온 삶의 경험도 풍부하니까 앞으로도 풍요롭게 살아갈 수 있을 거야. 둘 다, 알았지?"

"네, 아빠."

나니가 속삭이듯 말했다.

"네."

세메오도 고개를 끄덕였다.

이윽고 아빠와 나니, 세메오는 배의 갑판을 벗어나 엄마 곁으로 돌아갔다. 엄마는 그동안 호두와 건포도, 아몬드로 아침 식사를 준비했다.

"외할머니의 선물이야!"

다들 자리를 잡고 앉자 엄마가 말했다.

네 사람은 씨앗 한 알 한 알을 삼키며 허기진 배를 달랬다.

내 마음속의 옷장

식사를 마치자마자 나니와 세메오는 서로 눈짓을 보냈다. 둘은 뭔가 꿍꿍이를 벌이고 있었다. 뱃머리 쪽으로 간 뒤, 선박의 장비 사이로 생긴 공간을 눈여겨보았다. 그러고는 쪽제비처럼 날렵하게 그 안으로 들어갔다.

“편지를 읽을 시각이야.”

나니가 첫 번째 편지를 꺼내며 말했다.

사랑하는 나의 나니, 나의 세메오에게!

나니는 몇 줄을 큰 소리로 다시 읽었다. 세메오가 자신의 가족으로 새로 탄생하는 과정이 필요하다고 생각했기 때문이다.

외할아버지가 좀 엉뚱하다는 건 너도 이미 알고 있을 거야. 평소에도 쓸데없는 얘기를 자주 주절거리잖니? 그래도 너를 얼마나 사랑하는지는 잘 알지?

전에도 말했듯이, 눈에 보이는 것만이 진실은 아니란다. 죽음이란 것도 그래. 사람들은 누군가 세상을 떠나면 죽었다고 믿지. 단지 눈에 보이지 않는 것뿐인데……. 죽은 이들은 우리 마음속에 영원히 남아 있어. 가만히 귀를 기울여 보면 그들이 속삭이는 소리가 들리지. 나무와 강, 산, 꽃들도 마찬가지란다.

우리 마음속에는 커다란 옷장이 들어 있어. 세메오야, 수백만 개의 서랍들을 네가 빼곡히 채워 보렴. 사람도 좋고 물건도 좋고 동물도 좋아. 물론 식물도 좋지.

우리가 배웠거나 좋아했던 것들을 모두 그 안에 차곡차곡 담는 거야. 마음속 깊이 넣어 두고 가지런히 정리해 봐. 어릴 때 돌아가신 너희 부모님도, 대추야자나무 밑에 묻은 할아버지도…….

나니는 잠시 말을 멈추었다가 끝을 맺었다.

"할아버지……."

세메오의 눈에 눈물이 맺혔다. 세메오는 편지를 직접 읽고 싶어서 손을 내밀었다.

편지 곳곳에 다른 펜으로 '세메오'라는 단어가 적혀 있었다. 나니가 미리 써 둔 것이었다. 가족이 모두 단잠에 빠져 있던 새벽녘에 살며시 자리에서 일어나 까치발로 빠져나왔다.

가족을 깨워서는 안 되기 때문이었다. 누구든 잠에서 깬다면 어디 가냐고 물어볼 것이 뻔하니까. 그러면 세메오도 분명 깨어날 거라서 이 기발한 계획이 물거품이 되어 버릴 게 뻔했다.

나니는 혼자서 큰 배의 갑판을 이리저리 돌아다니며 펜을 찾아 헤맸다.

"혹시 펜 있으세요?"

나니는 이쪽저쪽을 돌아다니며 아직 잠들지 않는 사람들에게 일일이 물어보았다. 하지만 사람들은 하나같이 고개를 내저었다. 다들 펜을 갖고 있지 않았다. 사실 펜은 피난 나올 때 먼저 챙길 만한 물건이 아니었다.

잠시 후, 어떤 아저씨가 지그시 미소를 지으며 나니한테 펜을 건

네주었다.

“와, 감사해요! 아저씨, 금방 쓰고 돌려 드릴게요.”

나니는 이렇게 말하고는 한쪽 구석에 얌전히 자리를 잡아 앉았다. 주머니에서 편지를 꺼낸 뒤, 내용을 읽지도 않고 이곳저곳에 ‘세메오’ 혹은 ‘나의 세메오’라는 말을 적어 넣었다. 그리고 할아버지 서명 옆에도 보란 듯이 ‘이빠 마노’라고 적었다.

“다른 편지도 읽어 봐도 돼?”

세메오는 신비한 마법이 또 일어나는지 궁금해졌다.

“물론이지! 이번에는 내가 아무 편지나 뽑아 볼게!”

나니는 일부러 미소를 한껏 지으며 흥미를 북돋우었다.

나의 나니, 나의 세메오,

너도 알지……? (나니는 첫머리를 읽다가 정신을 차리고 얼른 수정했다.) 너희도 알지? 살아 있는 생물이 모두 씨앗에서 출발했다는 거……. 모든 것을 씨앗으로 축소시켜 봐. 그러면 세계를 가방 속에 넣고 다닐 수 있어!

또, 전 세계의 바다가 서로 대화를 나눈다는 걸 알고 있니? 낯선 땅에 가더라도 절대로 낯설게 느끼지 말거라. 낯선 것은 불안을 키우고, 두려움은 괴물을 탄생시키기 마련이니까.

정말이야. 두려움이 없어지면 괴물도 사라져.

어쨌든 우리는 너희 마음속 깊은 곳에 언제나 숨어 있을 거야.

— 이빠와 이빠 마노

세메오가 소리쳤다.

"맞아, 씨앗에서 바오바브나무가 나올 수도 있어!"

"우리도! 우리도 처음엔 씨앗이었다고 그랬잖아."

나니가 말했다.

"맞아, 섬에서 자라는 식물의 씨앗을 모두 갖고 있으면 다시 심을 수 있어!"

세메오가 맞장구를 쳤다.

“그런데 씨앗을 심으려면 주위에 바다랑 섬이랑 산이 있어야 할 것 같은데…….”

나니가 고개를 갸우뚱거리자 세메오도 고개를 끄덕였다.

“응, 네 말이 맞아.”

그러다 갑자기 장난기가 발동했는지 활짝 웃으며 이렇게 소리쳤다.

“우리 할아버지는 상어니까, 아마 지금도 열심히 배를 뒤쫓아오고 계실걸.”

“어이쿠!”

나니가 세메오의 머리를 주먹으로 콩 쥐어박았다.

둘은 깔깔 웃으며 서로를 마주 보았다.

편지는 무려 열세 장이나 되었다. 둘은 외할아버지의 편지를 또 읽었다.

나의 나니, 나의 세메오!

나는 큰 옷장으로 되돌아왔단다. 옷장은 신비로 가득하지.

옷장은 마법의 세계라고 할 수 있어! 서랍이 하도 깊어서 그곳에

꽃나무를 심는 이들도 있다지 뭐냐?

섬을 떠날 때 부겐빌리아(분꽃과 식물로, 진홍색 꽃이 핀다.)를 심은 사람을 알고 있지. 그 사람은 섬을 떠나 있는 동안 저녁마다 부겐빌리아 곁에 앉아 있었대. 그러면 몸은 비록 섬에서 멀리 떨어져 있어도 마음만은 풍성해졌다나?

나니야, 세메오야! 네 마음속 옷장도 네가 그리워하는 사람들과 물건들로 가득 채우렴. 그리고 생각날 때마다 찾아와서 그것들을 어루만져 줘.

있지, 사랑을 하면 또 그만큼 사랑을 받는단다. 이건 정말 어마어마한 비밀이야!

— 이빠와 이빠 마노

둘은 서로의 얼굴을 가만히 바라보았다. 가슴속 깊이 평안함이 밀려왔다.

"너는 마음속에 뭘 심을래?"

세메오가 나니한테 물었다.

"아직은 모르겠어. 아마도 히비스커스겠지. 너는?"

나니가 대답했다.

"대추야자나무."

세메오도 망설임 없이 말했다.

"우아, 정말 좋은 생각인데!"

나니는 세메오의 마음을 알 것 같았다.

나의 나니, 나의 세메오!

너희한테 해 줄 얘기가 있어. (나니가 너희로 바꿔 읽었다.) 핑곗거리가 생겼으니, 몇 시간 혹은 며칠 동안 울 수도 있겠지. 그러다 차츰 눈물이 줄어들 거야. 결국 눈물을 거둘 시기가 올 테니까. 눈물은 행동을 가로막거든.

섬에 내리는 빗줄기와 비슷해. 비가 적당히 오면 씨앗에서 싹이 돋고 새싹이 자라서 꽃을 피우잖아. 멋지지? 하지만 비가 너무 많이 내리면 씨앗이 물에 잠겨서 썩어 버려. 그래서 아무것도 자라지 못해. 부패한 곳에서는 생명이 싹트지 않거든!

생명은 우리가 포기하는 순간을 좋아하지 않아. 오히려 끊임없이 투쟁하라고 요구하지!

나니야, 세메오야! 눈물이 날 땐 차라리 실컷 울어. 하지만 너무 오랫동안 울지는 마라. 적당한 순간이 오면 손수건으로 눈물을 모두 닦아 내야 해. 그리고 종이 위에 큰 나무나 꽃다발을 그려 봐! 아니면 정원에 씨앗을 심어 보든지. 그것도 아주 좋은 생각이니까. 큰 소리로 노래를 불러도 좋아!

나니야, 세메오야! 너도 우리 섬의 속담을 알고 있지?

'새들은 자신들이 지저귀는 걸 우리가 듣는 줄 모른다.'

참 아름다운 속담이지. 우리끼리 얘기지만, 나는 이 속담이 틀렸다고 생각해. 우주에는 듣는 귀가 수두룩하거든. 여기저기 귀가 가득해!

너희가 노래를 부르면 그 귀여운 목소리를 듣는 귀가 늘 있을 거야. 귀여운 노래는 정말 멋진 선물이거든! 마치 꽃송이나 햇살 같지. 장담할 수 있어.

나니야, 세메오야! 이건 삶이 내게 가르쳐 준 거야. 너를 위해, 그리고 세상을 위해 노래하렴!

다음번 편지에는 열 살 때 내가 흘린 눈물에 대해 이야기해 줄게. 너도 알다시피, 나는 거기서 영원히 헤어나지 못하고 있어. 눈물을 걷어 낸 후, 내가 부른 첫 번째 노래에 대해서도 들려주마.

— 너를 영원히 사랑할 이빠가

— 네 가슴속에 숨어 있는 이빠가

— 나무 밑에 있는 이빠가

— 네 하늘 안에 우뚝 서 있는 이빠가

나니는 편지를 가만히 접었다. 엄청난 감격이 밀려와 가슴이 벅차올랐다.

"나중에 이 편지들을 한 장씩 공책에 붙여 두어야겠어. 그래야 잃어버리지 않을 테니까."

나니가 말했다.

"편지에다 그림도 그릴까? 그러면 예쁜 여행 수첩 같아질 텐데……."

"그래, 그림을 엄청 멋지게 그려야겠는걸!"

나니와 세메오는 머릿속으로 섬을 그려 보았다.

"내가 산을 그릴게."

나니가 말했다.

"그럼 나는 바닷가!"

세메오도 거들었다.

새로운 세상

둘이서 한참 섬에 대한 얘기를 나누고 있을 때, 갑판 쪽에서 '육지다! 육지야!'라고 외치는 소리가 들려왔다. 그 외침은 순식간에 물결처럼 선박의 구석구석으로 퍼져 나갔다.

나니와 세메오는 아지트를 빠져나와 웅성거리는 사람들 사이로 달려갔다. 부모님이 있는 곳으로 가자, 엄마가 이부자리를 걷고 있었다.

"각자 짐을 챙겨. 자, 다들 함께 가자!"

아빠가 말했다.

두 아이는 엄마 아빠를 따라 선박 앞쪽으로 나아갔다. 저 멀리에

서 해안의 가파른 언덕이 모습을 드러냈다. 다들 이마에 손을 대고 언덕을 바라보느라 분주했다.

"우아, 언덕 주위에 물이 없어요!"

나니가 흥분을 감추지 못하며 소리쳤다.

"실제로는 물에 둘러싸여 있어. 조금 뒤쪽으로 물러나서 봐야 해. 달을 볼 때처럼 말이야."

아빠는 이렇게 말하고는 엄마를 향해 씁쓸하게 미소를 지어 보였다.

"무시무시한 모험이 시작되겠군! 처음부터 기대를 크게 가지면 안 되겠어."

막상 새로운 삶을 열어 갈 육지가 눈앞에 펼쳐지자, 아빠는 엄청난 불안감에 휩싸였다.

지나간 날들이 주마등처럼 스쳐 지나갔다. 장모와 장인을 남겨 둔 작은 돌집 앞에서의 작별 인사, 미친 듯이 쏟아지는 폭우로 힘없이 무너져 내리던 산, 나니네 가족이 잠시 피해 있던 집…….

물이 막 차오르고 있는 순간에도 항구의 대피소에서는 어느 정도 기대감을 품고 있었다. 그러다 섬이 물에 잠겨 공포에 휩싸이려는 순간, 구세주처럼 선박이 눈앞에 나타났다. 세메오 할아버지의 서글픈 죽음과 나무 아래에 마련한 조촐한 무덤…….

나니네 가족은 차마 세메오를 혼자 버려 둘 수가 없었다. 아빠는 새삼스럽게 마음이 먹먹해졌다. 어느새 추억 속으로 아스라이 빠져들었다.

문득 폭우에 휩쓸려 상처를 크게 입고 돌아가신 아버지가 떠올랐다. 언제나 왕처럼 근엄했던 아버지……. 끝까지 왕처럼 대우해 주고 싶어서 아버지 주검 앞에서 눈물을 끝내 보이지 않았다.

아빠는 바다를 응시하며 작별 인사를 건넸다.

'파도가 할퀴고 간 우리 조상들의 땅이여, 안녕……. 멀리서 불어오는 바닷바람이여, 안녕……. 우후죽순처럼 마구 세워진 콘크리트 건물이여, 안녕…….'

그러고는 자기도 모르는 새 몸을 비틀거렸다. 순간, 넘어지지 않으려고 본능적으로 엄마의 팔을 꽉 움켜잡았다. 하지만 엄마는 아빠를 지탱하기에는 너무나 연약했다.

가끔은 아빠보다 훨씬 더 강할 때도 있었다. 바로 외할아버지를 보살필 때였다. 엄마의 내면에는 마치 나무의 수액이 진득하게 흐르는 듯했다.

"가장 힘든 순간이 지났으니……, 이제 희망을 가집시다."

아빠가 엄마한테 나직이 말했다.

사실 상상 이상의 시련이 그들을 기다리고 있으리라는 걸 모두 다 잘 알고 있었다. 먼저 고향을 떠난 난민들의 증언을 들었기 때문이다. 곧 생전 처음 듣는 언어로 말하는 사람들이 사는 미지의 땅에 발을 내디디게 될 것이다.

'우리는 바다랑 하늘의 공포와 맞서 싸우고 살아남은 거야. 무엇보다 우리의 탈출은 용맹스러웠어! 우리가 찾아왔다고 반기며 꽃목걸이를 걸어 줄 사람은 없겠지. 돈을 마구 뿌려 대는 관광객이 아니니까. 오히려 가난한 난민들이라 싫어할 가능성이 훨씬 더 높을 거야. 오랫동안 제대로 먹지 못해서 삐쩍 마른 몸을 오들오들 떨면서 처량한 모습으로 도착할 테니까.'

아빠는 마음이 자꾸만 무거워졌다. 도움을 받는 것보다 주는 사람이 되는 편이 훨씬 더 편하리라는 생각이 들었다.

함께여서 다행이야

그때 뒤에서 누군가 부르는 소리가 들렸다. 아빠는 몸을 반쯤 돌리다가 깜짝 놀라 눈을 둥그렇게 떴다. 세상에, 이웃에 살던 파이 아저씨가 서 있는 게 아닌가! 모뉘라 아줌마와 아기도 함께였다.

순간, 아빠의 얼굴이 환하게 밝아졌다.

"와! 그동안 어디에 있었어요? 정말 반가워요. 이런 데서 이웃을 만나다니, 꿈만 같아요!"

"아, 줄곧 선실에 있었어요. 운이 좋았거든요!"

파이 아저씨가 밝게 웃으며 대답했다.

"다행이에요. 아기가 지내기에 좋았겠어요! 도저히 믿을 수가 없네. 여기서 이렇게 다시 만나다니! 그래도 아기가 많이 추웠을 텐데……."

아빠와 파이 아저씨는 서로를 힘껏 부둥켜안았다. 이제 이웃이라기보다 한가족 같은 느낌이었다. 두 사람은 지금껏 같은 여정을 지나왔으니까!

아빠가 세메오의 손을 잡아끌었다.

"얘는 세메오예요! 우리와 함께 지내고 있어요. 새 가족이 되었거든요!"

"와, 반가워!"

파이 아저씨는 세메오가 어려운 시기를 보냈음을 직감했다. 그래서 장난 삼아 주먹 쥔 손을 세메오한테 내밀었다.

"안녕, 세메오!"

"안녕하세요?"

세메오는 파이 아저씨가 주먹을 내밀자 깜짝 놀라 뒤로 성큼 물러섰다. 그 모습을 보고 다 같이 웃음을 터뜨렸다.

"하늘이 사랑해 준 섬에서 우리는 서로 이웃으로 살았어요. 그런데 그 하늘이 우리를 다시 만나게 해 주었으니 육지에서도 이웃으로 살지 않을까요? 어떻게 생각해요?"

아빠가 이렇게 묻자, 파이 아저씨는 기쁨이 가득한 표정으로 대답했다.

"그럼요, 그저 영광이죠. 부인들은 어떻게 생각하나요?"

엄마와 모뉘라 아줌마는 서로를 마주 보며 고개를 끄덕였다.

"라이는요? 귀여운 꽃게야, 꽃무늬 포대기에 싸인 채 엄마 품에 꼭 안겨 있는 너는 어떻게 생각해?"

나니가 아기를 들여다보며 물었다. 잠시 후, 모뉘라 아줌마가 아이처럼 활기 찬 목소리로 말했다.

"라이도 좋대요! 라이는 이제 겨우 18개월밖에 안 돼서 말을 못하지만요. 아마도 섬에 대한 추억을 간직하긴 어렵겠죠. 라이가 말귀를 알아듣는 시기가 오면 여러분이 자주자주 섬 얘기를 들려주세요."

"네, 꼭 그럴게요! 세메오, 너도 그래 줄 거지? 라이한테 해 줄 얘기가 수두룩하겠네."

나니가 말했다.

"당연하지, 라이도 고향을 알아야 하니까."

세메오가 밝게 웃으며 대답했다.

그즈음 몇 킬로미터 떨어진 육지에서는 세 나라의 대표가 모여서 긴급회의를 열었다. 이 주일 전에 공문으로 남태평양에 있는 한 섬이 물에 잠겨서 주민들을 구출해야 한다는 소식이 전해졌기 때문이다.

며칠 후, 이재민을 구출할 임무를 맡은 선박들이 차례로 출항했다. 선박들은 다급하게 임무를 완수했지만, 각 나라 대표들의 후속 조치가 다소 매끄럽지 못했다. 아무 대책도 없이 수천 명의 이재민들을 무작정 육지로 데려왔던 것이다.

그들을 어떻게 수용하고 보살필지 아무도 대책을 내놓지 못했다. 과연 그들이 이 땅에서 안정적으로 정착하도록 도와줄 수는 있는 걸까?

제3부

생김새는 달라도 우리는 하나!

낯선 세상 속으로

"자, 출발! 우리에게 펼쳐진 새로운 세계로! 나니야, 세메오야, 우리가 나누었던 이야기를 잊지 말거라. 우리는 한 뿌리에서 나왔어. 외모는 서로 달라도 한 어머니한테서 나온 거야."

아빠가 트랩에 발을 내딛으며 말했다.

사람들은 불안한 마음을 안은 채 배에서 내릴 채비를 했다. 선박은 곧 노아의 방주처럼 한꺼번에 이천 명의 사람들을 우르르 쏟아냈다. 대부분은 반쯤 넋이 나간 시선에다 더없이 초췌해진 몰골이었다.

그 누구도 자신들에게 앞으로 무슨 일이 닥칠지 알지 못했다. 하나같이 어리둥절한 표정이었다. 모든 일이 너무 갑작스럽게 닥쳤기 때문이다.

팔뚝에 완장을 찬 사람들이 경찰관과 함께 부두에 서서 그들을 기다리고 있었다.

"이쪽으로 오세요!"

난민들을 창고 쪽으로 안내했다. 앞줄부터 천천히 앞으로 나아갔다. 모두들 등에 아기를 업고 아이들의 손을 잡아끌었다.

행렬은 끊이지 않고 이어졌다. 마치 한 부대가 방문을 한 듯했다. 배에서 내린 난민들은 전쟁터에서 온 것도 아닌데, 각자 다른 방식으로 치열하게 전투를 치르기라도 한 듯 지친 모습이었다.

난민촌에는 인권 연합 대표자들이 여럿 나와 있었다. 그들은 탁자 뒤에 한 줄로 서서 섬사람들에게 미소를 보냈다. 하지만 언어가 달라서 대화가 수월하지 않았다.

일단 가족별로 인원을 점검한 뒤 몇 개의 그룹으로 나누었다. 아직 가족의 이름까지는 조사가 이루어지지 않았다. 신원은 차차 확인할 모양이었다. 어쩌면 한동안 이름 없는 존재로 지내야 할지도 몰랐다.

음식과 옷과 이불이 배부되었다. 푸르른 물결 위로 끝없이 펼쳐진 하늘이 난민들을 어느새 다른 위도로 인도했다. 아직 추운 2월이었다. 나니와 세메오는 온몸을 외투로 감쌌다. 맨몸으로 햇빛 아래서 노는 데 익숙한 귀염둥이 라이도 두꺼운 우주복 속에 폭 감싸여 있었다.

난민들에게 임시로 거주할 장소가 정해졌다. 갓난아기들이 있는 가족은 그나마 호텔에 머물도록 배려해 주었고, 다른 사람들은 체육관과 폐교로 나누어졌다. 난민들은 지시대로 움직였으나 정보가 턱없이 부족했다. 난민들 앞에는 차디찬 건물만 덩그러니 놓여 있었다.

하루하루가 무심히 흘러갔다. 섬 주민들은 각자의 캠프에 자리를 잡고 묵묵히 기다렸다. 지금은 어떻게든 함께 지내지만, 이 또한 오래가지 못하리라는 것을 잘 알고 있었다. 그들이 함께 거주할 만큼 넓은 땅이 주어질 리 없었다. 바람에 날린 씨앗처럼 곳곳으로 뿔뿔이 흩어질 것이 뻔했다.

가끔씩 육지 사람들이 섬 주민들을 밖으로 불러내 카메라를 들이대며 사진을 찍었다. 때로는 주변 주민들이 담요를 갖다 주거나 아이들한테 장난감을 건네기도 했다. 호기심 많은 주민들은 멀찍이 멈춰 서서 한참 동안 바라보기도 했다.

그렇다고 모두가 호의적인 것은 아니었다. 어떤 이들은 의심이 가득한 눈길을 보내기도 했다. 가진 것 없는 이들이 불현듯 떼지어 나타났다는 것만으로도, 그동안 용케도 운 좋게 살아온 사람들을 알게 모르게 불안하게 만드는 모양이었다. 하긴, 누가 알겠는가? 운 좋은 이들의 것을 함부로 탐내는 날이 오게 될지…….

도시는 빈털터리인 사람들이 넘쳐나자 곧 혼란에 빠져 버렸다. 육지 사람들은 인상을 찌푸리고, 끼리끼리 모여 구시렁거렸다. 섬 주민들을 환영하는 대신, 어떤 방식으로든 자신들의 도시에서 그들이 빨리 떠나기를 원했다.

체육관과 폐교에서는 중학교에서 파견 나온 강사가 레크레이션 수업을 진행했다. 분필 몇 개를 찾아낸 아이들은 칠판에다 그림을 그렸다.

남자들은 종종 한자리에 모여 여러 가지 의견을 나누었다. 미래에 대한 제안을 하다가 터무니없는 공상으로 빠지기도 했다. 이따금씩 누군가 슬며시 두려움의 문을 열었기 때문이다.

섬 주민들은 이런저런 순간마다 마음을 달래려고 섬을 떠올렸다. 때로는 섬이 아주 멀리, 또 때로는 매우 가깝게 느껴졌다. 섬은 주민들 마음속에 깊이 아로새겨져 있었다. 눈을 감으면 섬의 파도

소리가 그들의 꿈과 추억을 어루만져 주었다. 지저귀는 새소리와 나뭇잎 사이로 불어오는 바람 소리도.

인권 협회 대표들은 정기적으로 섬 주민들을 방문해 식량을 가져다주었다. 어느 날 대표들은 그들에게 도시에 정착하고 싶은지, 혹은 시골에 살고 싶은지를 물었다.

가정마다 돌아다니며 의견을 묻고 자료를 수집했다. 부모들의 직업을 파악하고, 자녀의 유무와 교육받아야 할 연령도 수첩에 기록했다. 바다를 건너는 동안 추위에 시달린 섬 주민들을 위해 의료 센터도 개방했다.

"엄마, 배가 고파요. 섬의 참마(맛과의 여러해살이 덩굴풀)라도 먹을래요!"

나니가 말했다.

"참마라고! 이 새벽에? 외할머니가 이 말을 들었다면 기절초풍하셨겠네! 네가 참마를 먹고 싶다고 하다니, 갑자기 너무 미안해지는걸!"

엄마가 깜짝 놀라 말했다. 참마는 나니가 무척 싫어하는 풀이었다. 얼마나 배가 고팠으면 그런 말을 했을까 싶어서 마음 한끝이 아려 왔다. 엄마는 딸 앞에 웅크리고 앉아서 나직이 속삭였다.

"우리 모두 배가 고파. 부드러운 생선살이 그리워. 그렇지만 네 배더러 조금만 더 참아 달라고 해 봐. 모두들 최선을 다하고 있으니까."

나니는 알았다는 듯 어깨를 으쓱해 보였다. 엄마는 엉엉 울고 싶은 심정이었다. 하지만 눈물을 꾹 참고 마음속으로 작은 촛불을 켜며 소원을 빌었다.

하느님,

배가 우리를 찾으러 오게 해 주셔서

감사합니다.

우리 가족 모두를 지켜 주셔서

감사합니다.

세메오를 우리한테 보내 주셔서

감사합니다.

혼자보다 둘이 더 강하니까요.

나니가 든든해할 테니까요.

어머니와 아버지를 지켜 주셔서

감사합니다.

파이와 모뉘라를 다시 만나게 해 주셔서

감사합니다.

우리보다 앞서 인도해 주셔서

감사합니다.

그러고 나자 마음이 한결 가라앉았다.

내 안의 불행과 맞장 뜨기

나의 나니, 나의 세메오!

이 편지는 너희가 육지에 도착해서 거처를 기다릴 때, 육지 사람들과 친밀한 관계를 맺지 못해 공허한 기분이 들 때쯤 읽게 되겠지. 그다음 편지는 너희가 자리를 잡을 곳으로 떠날 때에 읽게 될 거야.

한동안은 인내심을 키워야 해. 너희는 안락함이라고는 눈곱만큼도 없는 대피소에서 꽤 오랫동안 지내게 될 테니까. 언제 무슨 일이 일어날지 전혀 알지 못한 채…….

필요한 것은 무엇이든 너희한테로 오게 할 수 있어. 하지만 울거나, 떼를 쓰거나, 불평을 하면 못써. 두 손을 불끈 쥐고 용기를 내어서 한계와 맞서야 해. 삶이 멈춰 섰다고 생각될 때도 신뢰를 놓쳐선 안 돼. 기회가 오기를 기다리렴. 옆사람의 이야기를 듣고, 숨을 크게 들이쉬면서 그 시간을 견뎌야 해. 때로는 노래도 부르면서…….

삶은 너의 가장 좋은 친구란다. 나니야, 세메오야! 삶은 너희가 꿋꿋이 살아 내기를 바라고 있어! 삶은 재주가 많아서 너희가 꼭 이겨 내도록 도와줄 거야. 가끔씩 삶은 마법을 부리기도 하지.

그렇게 견디다 보면 신비한 일이 생겨서 소망의 문이 열릴 거야. 열두 살짜리 꼬맹이가 소화하기에는 좀 벅찬 가르침이지?

아주 오래전, 그러니까 네 외증조할아버지가 운전하던 차가 골짜기에 처박혔을 때 나는 고작 열 살이었어. 부모님은 그 자리에서 돌아가셨지. 그 순간에 내 다리와 삶의 즐거움도 함께 죽어 버렸단다. 나는 꼼짝도 할 수가 없었거든.

아주 오랫동안 내게 일어난 일을 받아들이지 못했단다. 그래서 큰아버지한테 무척 못되게 굴었지. 큰아버지는 부모님을 잃은 나를 입양하셨어. 그렇지만 나는 그냥 죽고만 싶어서 큰아버지의 사랑과 보살핌을 끝없이 밀쳐 냈단다. 큰아버지가 다가올 때마다 못된 말로 쏘아댔지. 고슴도치 가시보다 더 날카롭게 말이야.

그러고는 매일같이 눈물로 밤을 지새웠어. 그때 내 마음은 햇빛

이 닿지 않는 심연 속 같았거든. 끝없이 깊은 바다 속에 있는 듯 깜깜한 느낌이었지.

그저 죽고만 싶었단다. 죽음이 나를 데려가기만을 바랐어. 다행히 큰아버지는 내가 고슴도치처럼 가시를 곧추세워도 인내심을 갖고 담비처럼 부드럽게 품어 주셨지.

그러던 어느 날 아침, 큰아버지가 갑자기 소풍을 가자고 하셨어. 나는 싫다며 떼를 썼지. 큰아버지는 비명을 지르는 나를 억지로 차에 태웠단다. 나는 다리를 움직일 수 없어서 도망을 치지 못했어. 별 수 없다는 생각이 들자 너무너무 화가 나는 거야. 그래서 교통사고가 났던 골짜기로 소풍을 가자고 우겼지.

난 복수를 하고 싶었어. 그 골짜기랑 대면하고 싶었지. 아니, 어쩌면 내 몸을 수렁으로 던져 넣고 싶었는지도 몰라. 그러면서도 큰아버지한테 마구 욕설을 퍼부어 댔어. 마음이 몹시 괴로웠거든!

큰아버지는 한참을 망설이다가 결국 승낙을 하셨어. 우리는 곧 작은 바구니에 음식을 가득 담아 갖고서 소풍 아닌 소풍을 떠났지.

바야흐로 그 운명적인 장소에 다다르자, 큰아버지는 골짜기에서 몇 미터 떨어진 곳으로 나를 데려가 바위 위에 앉혔어. 막상 그곳에 도착하니까 더 가까이 가 보고 싶은 충동이 일었지. 내가 다리를 질

질 끌며 골짜기 쪽으로 기어가자, 큰아버지는 돼지고기 바비큐로 나를 살살 꼬드겼단다. 그런데 그 순간, 신기하게도 마음속에서 엄청난 평온함이 밀려오는 거야. 혹시 부모님의 영혼이 거기에 계속 머물러 있었던 걸까?

한참 동안 평온함을 느끼고 있을 때, 저 멀리 어디에선가 신음 소리가 들려왔어. 순식간에 옛 기억이 머릿속을 사로잡았지. 나는 온몸을 옴짝달싹할 수가 없었단다. 그래서 재빨리 숨을 멈추고 큰아버지한테 물었어.

"큰아버지, 신음 소리 못 들었어요?"

큰아버지는 못 들었다고 하셨어.

"네가 낸 소리잖아!"

큰아버지가 시큰둥하게 대답을 하자, 나는 심술이 나서 짐짓 더 고집을 부렸지.

"분명히 들었어요. 누군가 부르는 소리였다고요. 저 아래쪽으로 내려가 보세요."

그러자 큰아버지가 내 곁으로 다가와 앉으셨어. 곰곰 생각에 잠겨 있더니 한참 만에 입을 여셨지.

"내가 그렇게 해 주면 너는 나한테 뭘 해 줄 건데? 저긴 경사가 심해서 내려가기 힘들어. 엄청 위험하고 힘든 일이야."

나는 큰아버지한테 톡톡 쏘아붙이는 말투를 바꾸겠다고 약속했어. 그 말을 하는 순간에 이미 가시 돋친 말투가 아니었지! 큰아버지는 나를 찬찬히 살피더니, 내 말이 진실임을 알아채신 듯했어.

큰아버지는 차에다 늘 긴 밧줄을 싣고 다니셨어. 섬에는 계곡이 많아서 밧줄이 꼭 필요한 장비였거든. 큰아버지는 자동차 범퍼 쪽에 밧줄을 묶고서 거기에 매달려 아래로 내려가셨지. 큰아버지 발 아래로 돌덩이들이 굴러떨어지는 바람에 내 가슴이 몇 번이나 철렁철렁 내려앉았는지 몰라.

잠시 후, 큰아버지가 셔츠 안 옆구리에 무언가를 끼고 올라오셨어. 세상에, 작고 귀여운 강아지이지 뭐야! 불쌍한 강아지, 네 다리가 모두 부러져 있었지. 전혀 움직일 수가 없었어. 강아지를 보는 순간, 내 심장이 쿵쿵 뛰었단다. 그리고 동시에 마음이 깊은 늪 속에서 빠져나왔지!

그 이후는 너도 알 거야. 나는 강아지한테 쿠스민이란 이름을 지어 주었어. 쿠스민은 내 친구가 되었지! 쿠스민한테 노래를 불러 주며 정성껏 보살폈어. 온 마음을 다해 쿠스민을 어루만져 주었단다.

나는 나 자신보다 쿠스민을 더 사랑했어. 결국 그 사랑이 나를 회복시켰지.

한 달 후, 쿠스민은 사방팔방으로 자유롭게 뛰어다닐 수 있을 만큼 건강해졌어. 내 마음도 쿠스민을 따라다녔단다! 쿠스민은 또 다른 나였어. 쿠스민 덕분에 긍정의 힘을 얻었지. 그래서 살고 싶은 욕망이 생겨난 거야!

나니야, 세메오야! 이런 도움이 필요하면 억지로라도 얻어 내야 해. 아픔 속에 웅크리고 있지만 말고 슬픔에서 벗어나렴. 뭔가 멈춰 버렸다는 생각이 들면 그곳에 시선을 두고 인내심을 갖고 기다려. 삶은 결코 끝나지 않아. 너희가 서로 이어지게 놔두면 삶은 네 주위 어디든 있어.

너희는 아직 못 느끼겠지만 생각보다 무척 강해.

나니야, 세메오야! 너희는 사랑의 힘을 발휘할 능력이 있어!

— 이빠와 이빠 마노

타인에게 손 내밀기

한 시간 뒤, 두 아이는 폐교의 복도를 따라 길게 뻗은 철창 아래에 자리를 잡고 앉았다. 둘은 앞날이 조금씩 걱정스러웠다. 섬이 아닌 곳에서도 행복하게 살아갈 수 있을까? 나중에 자라서 어떤 사람이 될까? 과연 앞으로 어떤 세상과 마주치게 될까?

교실 창문 너머로 두 아이를 보고서 모뉘라 아줌마가 다가왔다.

"잠시 라이 좀 돌봐줄래?"

"물론이죠."

나니는 라이의 손을 다정하게 잡으며 대답했다.

모뉘라 아줌마가 멀어져 가자, 나니는 나직이 노래를 불렀다.

소라야,

너는 바다에 살지.

너는 문어의 먹이지.

너는 문어한테 잡아먹히지.

소라야…….

그러자 세메오가 노래를 따라 불렀다. 두 아이는 아름다운 물고기가 뛰노는 섬을 노래했다.

그때 저만치 교실 창문 너머에서 마을 주민 한 명이 두 아이를 바라보고 있었다.

정말 빛나는구나.

네 껍질은…….

정말 빛나는구나.

네 껍질은…….

사실 그 아줌마는 노래를 한 구절도 이해하지 못했다. 하지만 아이들의 노랫소리를 듣고 있노라니, 확 트인 들판에 나온 것처럼 마음의 문이 활짝 열렸다. 아이들의 노래가 차츰차츰 가슴속으로 깊게 파고들었다.

'아이들 얼굴이 창백하네. 오랫동안 굶어서 그런 걸까? 어린 눈망울에 그늘이 서려 있어.'

아줌마는 안타까운 마음이 들어서 발걸음이 무거웠다. 결국 집으로 돌아가자마자 이웃에 사는 사람들을 불러 모았다. 그 아줌마의 이름은 파티아였다.

"폐교에 있는 사람들을 위해 우리가 300인분의 식사를 준비해 보면 어떨까요? 그다지 어려운 일이 아니에요! 삼십 명이 10인분씩만 준비하면 되거든요!"

바야흐로 파티아 아줌마의 진심이 통했다! 이 아파트에서 저 아파트로, 꼬리에 꼬리를 물고 전화벨이 울리기 시작했다.

"우리 집 문 앞에서 굶주리고 있는 아이들을 보면서 그냥 손 놓고 있을 수만은 없습니다!"

파티아 아줌마의 친구인 리즈 아줌마가 힘주어 말했다. 곧 다른 아줌마들도 동참했다.

다음 날, 아파트는 온통 음식 냄새로 가득했다. 각자 자신 있는 요리로 다양하게 준비를 해 왔다.

정오 무렵이 되자 폐교의 복도에 냄비가 줄지어 놓였다. 아줌마들은 손에 조리용 장갑을 낀 채 함박 미소를 지으며 냄비 뒤에 서 있었다. 마치 예수님을 경배하던 동방 박사들이 살아 나온 듯했다! 아니, 동방의 여박사들인가? 방송국에서 카메라 기자가 나와 사진을 찍지 않은 것이 그저 아쉬울 뿐이었다.

폐교의 철창이 나그네들에게 활짝 열려 개방되었다. 섬 주민들은 깜짝 놀라며 고마움의 감탄사를 연발했다. 순식간에 삼백 명의 사람들이 몰려와 말없이 식사를 했다.

엄마는 허기진 새끼 사자 같은 두 아이, 나니와 세메오가 고기랑 밥을 소스에 비벼서 야채와 함께 허겁지겁 먹는 모습을 그저 흐뭇한 표정으로 바라보았다. 엄마는 섬 언어로 감사를 전하고 또 전했다.

"별말씀을요. 괜찮아요. 당연히 해야죠!"

파티아 아줌마는 몸짓 언어를 다 이해했다. 그러고는 엄마더러 같이 먹으라고 권했다.

달력에 흰 십자가 표시를 해 두거나 돌에 새겨 둘 만큼 결코 잊지 못할 멋진 날이었다! 그날 밤, 섬 주민들은 모처럼만에 포만감을 느끼며 편안하게 잠자리에 들었다.

나의 나니, 나의 세메오!

자연은 우리를 멀리 보내고 싶어 해. 동물과 바람의 힘을 빌려서 나무의 씨앗을 멀리 보낼 준비를 하지. 가끔씩은 몇 킬로미터를 보내기도 해! 심지어 코코넛이 바다를 건너 육지에 쌓이는 광경도 봤어.

혹시 너희도 먼 곳으로 보내려고 섬이 바다에 잠겨 가는 걸까? 그렇다면 육지에서 자유롭게 새로운 삶을 열어 가렴.

나니야, 세메오야!

신비로 가득한 세계에 대해 들려주고 싶구나. 우리한테는 보는 것과 보지 못하는 것이 있어. 예를 들어 누가 땅 밑에서 일어나는 일을 알겠니? 아마도 나무들의 뿌리가 마구 뒤엉켜 있겠지? 아니면 땅 밑에서 서로서로 지탱하고 있는 걸까? 바로 옆에 서 있는 나무와 대화를 나누기도 할까? 어쩌면 서로에게 깊이 의지하면서 살아가고 있을지도 몰라.

나니야, 세메오야! 생의 막바지를 살아가는 외할아버지는 바로 이런 것을 믿고 싶단다. 이것이 진실이라고…….

네가 육지에서 어떤 선한 분을 안아 준다면 네가 포옹한 사람이 바로 네 외할아버지인 거야. 육지의 어떤 할머니한테 따스하게 미소를 짓는다면 네 미소를 받은 사람이 바로 네 외할머니인 거지. 세상은 이렇게 서로서로 통하는 거란다.

사랑하는 나니와 세메오! 우리 인생의 마지막이 어떠하든, 너희는 늘 우리 가슴속에 있단다.

— 이빠와 이빠 마노

인생의 한 페이지를 넘어서다

막연한 불안함과 혹독한 추위 속에서 그럭저럭 하루하루가 흘러갔다. 어느덧 육지에 도착한 지도 두 달이 지났다. 그러던 어느 날 아침, 나니네 가족은 앞날에 대한 소망을 품고 짐을 챙겨 폐교를 떠나기로 했다. 파이 아저씨네 가족과 함께였다. 그들보다 먼저 폐교를 나와 발길 닿는 대로 도시나 시골로 간 가족들도 꽤 있었다.

어쨌든 모든 것이 그저 낯설기만 했다. 무엇보다 섬에는 기차가 없었다. 그들은 기차를 한 번도 타 본 적이 없었다. 기차표를 봉투에 담아 웨이스트백에 챙겨 넣었다. 혹시나 길을 잃을 경우를 대비해, 지도와 여윳돈을 따로 챙겨 두었다.

그 전날에 통역관이 환승하는 방법을 설명해 주었다. 기차를 타고 가다가 내려서 다른 기차로 갈아탄 후 다시 고속버스를 타야 했다. 통역관은 환하게 미소를 지으며 나니네 가족의 어깨를 토닥였다.

“새로운 삶에 행운이 늘 함께하기를! 좋은 여행이 되기를 바랍니다.”

기차역은 예상보다 훨씬 더 컸다. 플랫폼도 여러 개였다. 아빠는 기차표와 알림판을 번갈아 쳐다보았지만 복잡하게만 느껴질 뿐, 뭐가 뭔지 도무지 알 길이 없었다. 할 수 없이 역무원을 찾아갔다.

나니네 가족은 아직 프랑스어 단어를 몇 개밖에 알지 못했다. ‘안녕하세요, 감사합니다, 실례합니다.’ 정도뿐이었다. 그러니까 꼭 필요한 문장 세 가지만 확실히 알고 있는 셈이었다.

아빠는 가족을 한 줄로 세운 뒤, 역무원에게 기차표를 내밀었다.

“출발 시각이 삼십 분 정도 남았네요! 4번 플랫폼으로 가세요.”

역무원이 시계를 가리키며 말했다.

아빠는 가족의 행색을 힐끔 살펴보았다. 모두들 허름한 옷을 입고 있었다. 심지어 혹시라도 다른 사람들에게 실례가 될까 봐 까

치발로 걸어 다녔다.

참, 얼마 전에 텔레비전 뉴스에서 우리가 살던 섬이 완전히 물에 잠겨 버렸다는 소식을 들었다. 그날은 모두들 침통한 분위기에 휩싸여 있었다. 고향이 진짜로 사라져 버렸으니까. 엄마는 사흘 내내 목 놓아 통곡을 했다. 나니와 세메오는 말없이 손등으로 눈물을 훔쳤다.

얼마 후, 기차가 도착했다. 모두 기차에 올라 자리를 잡았다.

'아, 이제 정말 떠나는구나.'

그나마 파이 아저씨네 가족과 함께여서 크게 안심이 되었다. 파이 아저씨도 같은 생각일 터였다. 둘은 혼자보다 강하니까.

드디어 세 시간 후, 그들은 기차를 갈아탄 뒤 버스 터미널에 이르렀다. 아빠가 버스에 올라타며, 운전기사에게 이 버스를 타는 게 맞는지 물어보았다.

"네, 이 버스가 맞아요. 모두 자리에 앉아 주세요!"

운전기사가 친절하게 말했다. 그들이 망설이는 기색을 보이자, 운전기사가 한 마디 덧붙였다.

"목적지에 도착하면 말씀드릴게요. 한 시간쯤 더 걸릴 거예요."

한 시간 후, 나니네 가족은 '투른느페이유'라는 곳에 도착했다. 프랑스어로 '한 페이지를 넘기다'라는 뜻이라나? 순간, 이 도시의 이름이 자신들의 인생과 꼭 닮았다는 생각이 들었다.

그들은 육지에 도착한 뒤로 한동안 목표를 잃어버리고 있었다. 마치 바람결에 나뭇잎들이 우수수 떨어지듯, 바다 건너편으로 날아오자 모든 것이 아리송하고 어리둥절했다. 모두들 뒤숭숭해진 마음을 애써 다잡아야 했다.

이제 어디에 살든 그건 별로 중요하지 않았다. 누군가 버스 정류장에 나와서 기다려 주기만 한다면……. 통역관은 걱정하지 말라며 한사코 안심을 시키려 애썼다.

"그곳에서 새로운 삶이 시작될 거예요. 시장님이 직접 여러분을 안내하실 테니까요."

버스가 그들을 정거장에 내려 주었다. 하지만 시장님은 나와 있지 않았다. 한순간에 미아가 되어 버린 듯한 기분이 들었다. 나니네 가족은 연신 주위를 두리번거렸다.

그리고 얼마나 지났을까? 공무 수행용 자동차가 나니네 가족 앞으로 미끄러져 와 멈춰 섰다. 곧 시청 직원이 차문을 열고 밖으로 나왔다.

"난민들이신가요?"

첫 대면이 그리 썩 좋지는 않았다. 아빠도, 파이 아저씨도 무슨 말인지 선뜻 알아듣지 못했다. 아빠는 얼른 이주 허가증을 앞으로 내밀었다.

"좋아요. 이리로 오세요. 제가 여러분을 모셔다 드릴게요! 그런데 좌석이 네 자리뿐이네요. 두 번 왕복해야겠군요."

시청 직원이 자동차를 가리키며 말했다.

집은 버스 터미널에서 그리 멀지 않았다. 돌로 엉성하게 지어 놓은 폐가였다. 그래도 집 안에 벽난로가 놓인 거실과 펌프로 작동하는 개수대가 있었다. 아쉽게도 수돗물은 설치되어 있지 않았다.

방 두 개와 곡식 창고, 그리고 수풀로 가득한 정원이 있었다. 정원에는 화장실이 딸린 오두막이 있었는데, 그 옆에 키가 크고 몸통이 굵은 무화과나무가 서 있었다.

"내일 시장님이 여러분을 만나러 이리로 방문하실 거예요. 오늘은 일정이 많으셔서 시간을 내지 못하셨어요."

시청 직원은 이 말을 남긴 채 가 버렸다. 나니네 가족은 뭔가 딱 꼬집어 말할 수는 없지만 씁쓸한 느낌을 지울 수가 없었다. 뭐, 시청 직원이 해결사는 아니니까. 그 사람은 그저 자신의 임무를 수행하고 돌아갔을 뿐이었다.

다음 날, 실제로 시장님이 찾아와 일일이 악수를 하며 그들을 환영해 주었다. 너나없이 뭔가 잔뜩 기대하는 표정으로 시장님을 쳐다보았다. 시장님 역시 겉으로만 번지르르한 말보다는 제대로 된 기회를 주어야 한다는 걸 깨달은 눈치였다.

"우선 여러분은 프랑스어를 배워야 합니다. 아이들은 학교에서 곧장 수업을 받을 수 있도록 미리 조치를 해 두었습니다."

시장이 말했다.

"학교요?"

아빠가 이 단어를 어렵사리 알아듣고서 시장님에게 되물었다. 그러고는 나니와 세메오에게 이제 시작이라는 듯 눈을 찡긋했다.

"그래요. 그런데 아이들을 학교에 어떻게 데려갈 건가요? 여기서 마을이 가깝지 않은데……."

시장님 말에 나니네 가족은 벙어리처럼 아무 말도 하지 못했다. 그러자 시장님이 다시 말을 이었다.

"일단 자원봉사자들에게 도움을 청해 보겠습니다. 혹시 식량과 의복은 있습니까? 아기를 돌볼 용품은요?"

시장님은 주위를 힐끗 둘러보았다. 오랫동안 버려져 있던 폐가는 사람이 살기에는 너무나 열악해 보였다. 게다가 나니네 가족은 딱히 가지고 있는 것이 없었다. 허름한 옷가지가 전부였다.

"우선 장을 좀 봐야겠군요. 그리고 여러분이 어떤 일을 할 수 있는지 설명해 주셔야 하는데……. '일'이라는 말, 알아들어요? 이제부터 여러분 스스로 생활비를 벌어야 하거든요! 무슨 일을 할 수 있으세요? 원래 살던 곳에서 직업이 무엇이었죠?"

시장님은 나니네 가족의 손을 잡고 되풀이해 물었다.

"여러 가지 일을 했습니다!"

아빠는 망치와 못을 들고 벽에다 박는 시늉을 하기도 하고, 나무판을 바닥에 내려놓고 대패질을 하는 시늉을 하기도 했다. 파이 아저씨는 몸짓 발짓을 해 가면서 모터를 분해할 줄 안다는 걸 전달하려 애썼다.

그러자 시장님이 따라오라는 손짓을 했다. 그때 황폐한 정원의 우거진 수풀 사이에서 갑자기 바람이 훅 불어왔다. 마치 바다의 물결 소리처럼…….

사랑이 가득 담긴 편지

어느새 일 년이 지났다. 곡식 창고를 개조한 방에서 두 아이가 책상 앞에 나란히 앉아 있었다. 서로 워낙 닮아서 꼭 쌍둥이처럼 보였다.

둘은 볼펜을 손에 들고 글씨로 가득한 공책을 들여다보고 있었다. 문장을 나누기도 하고 연결하기도 하면서 쉴 새 없이 까르르 웃음을 터뜨렸다. 어떤 쪽에는 예쁜 그림을 그려 넣기도 했다.

두 아이의 눈빛이 공책 위에 붙여 놓은 별처럼 반짝반짝 빛났다. 공책은 사랑의 향기로 가득했다. 곳곳에서 섬의 꽃과 동물과 주민들이 살아서 꿈틀거리고 있었다.

"내가 먼저 할게! 너도 할 거야?"

나니는 외할아버지가 쓴 편지를 꺼내 놓고서 공책의 빈 페이지를 펼쳤다.

참, 나니의 옷차림도 바뀌었다. 여느 초등학생처럼 청바지 위에 소매가 긴 티셔츠를 입고 있었다. 하지만 머리카락이 물결치듯 어깨 위로 흘러내리는 모습만큼은 여전했다.

나니는 섬에서 입던 꽃무늬 원피스로 갈아입었다. 이 옷은 세메오와 함께 정원 한 가운데 서 있는 무화과나무 주위를 돌면서 춤을 출 때만 입었다.

사랑하는 외할아버지, 외할머니!

편지가 너무 늦었지요? 좀 더 일찍 편지를 쓰려고 했는데, 지금 저희가 지내고 있는 곡식 창고가 오랫동안 공사 중이었어요. 또, 공책을 마련하는 데도 시간이 좀 많이 걸렸답니다.

저희는 지금 투른느페이유라는 프랑스 남부 지역에 있는 마을에 살고 있어요. 단층이라는 것만 빼면 섬에서 지내던 집이랑 비슷하게 생겼어요. 이 집도 돌로 지어졌거든요.

프랑스 정부에서 우리한테 잠시 빌려 준 것인데요. 시장님 말씀으로는,

아빠랑 파이 아저씨가 열심히 일을 하면 언젠가 우리 집이 될 수 있다고 했어요.

처음에는 이 곡식 창고에 파이 아저씨네 가족이 살았어요. 파이 아저씨랑 라이랑 모뉘라 아줌마가요. 그런데 삼 주일 전부터 서로 다른 집에서 살아요.

그 덕분에 저와 세메오 방이 따로 생겼지 뭐예요? 세메오는 섬을 떠나기 바로 직전에 할아버지가 돌아가셨어요. 그 뒤로 우리 가족이 되었지요.

마을 사람들은 저희에게 아주 친절히 대해 줘요. 시장님이 마을 사람들한테 쓰지 않는 물건을 나누어 주라고 부탁했거든요. 저희는 아직 무엇이든 부족하니까요.

그래서 마을 사람들이 시시때때로 온갖 물품을 다 가지고 집으로 찾아와요. 살짝 얼룩진 매트리스랑 찌그러진 냄비, 모퉁이가 부서진 옷장, 라이를 위한 장난감까지……. 정말로 엄청나게 많은 물건이 집으로 왔어요!

곡식 창고가 순식간에 아틀리에로 변했어요. 두드리고 못질하고 그리고……. 모뉘라 아줌마가 페인트칠을 담당했는데요. 세상에, 가구에다 히비스커스를 잔뜩 그려 넣은 거 있지요?

제 키를 훌쩍 넘는 풀들이 멋대로 자라난 황폐한 정원에 바람이 불면 섬의 파도 소리가 들리는 듯해요. 아빠는 그 소리가 섬이 우리에게로 살금

살금 찾아오는 소리라고 해요.

얼마 전에는 정원 한 귀퉁이에 텃밭을 만들고 채소를 심었어요. 이건 순전히 엄마 일이지만, 아주 가끔씩 세메오와 제가 채소에 물을 주기도 해요. 어른들이 프랑스어 수업을 들으러 갈 때면 세메오랑 제가 라이를 돌봐주기도 하고요.

사실 처음에는 학교에서 좀 힘들었어요. 수업 시간에 말을 전혀 알아들을 수가 없었거든요. 다른 애들도 우리를 이상하게 쳐다보기만 했고요.

그래서 혼자 우는 날도 있었어요. 학교에 가고 싶지 않다는 생각이 들었지요. 라이와 함께 집에 있고 싶었지만, 아빠랑 엄마가 강력하게 반대했어요.

세메오와 함께여서 정말 다행이에요. 세메오는 생각보다 훨씬 용감해요. 힘들어도 꿋꿋이 앞으로 전진해야 한다고 하지 뭐예요? 안 그러면 상어인 마노 할아버지가 찾아와서 우리 허벅지를 꽉 물지도 모른다나요? 아야야!!!

저희가 그 친구들을 조금이라도 이해하려 노력했어요. 그러자 친구들도 서서히 저희를 받아들이더라고요. 사실 모뉘라 아줌마랑 엄마가 도넛을 만들어서 친구들에게 나눠 준 것이 결정적인 역할을 하긴 했지만요.

프랑스어로 '안녕하세요'처럼 짧은 말 몇 마디밖에 하지 못했지만, 환

하게 미소를 지으면서 도넛을 건네니까 아이들이 막 좋아하는 거 있지요? 섬에서 즐겨 부르던 <소라야>라는 노래까지 열창을 해서 크게 인기를 끌었어요.

월요일과 금요일에는 같은 반 여자 친구인 나데주의 부모님이 저희를 학교까지 차로 태워다 주어요. 다른 요일에는 아빠랑 파이 아저씨가 번갈아 가면서 자전거로 학교까지 데려다주고요.

저는 요새 정말로 잘 지내요! 저녁 식사 후에는 모뉘라 아줌마가 나랑 세메오, 라이 이렇게 셋을 모아 놓고 섬에서 전해 내려오는 전설을 들려주어요.

라이가 지금은 비록 말을 하지 못해도 이런 이야기를 계속 들려줘야 한다고 했어요. 심지어 아줌마는 그 이야기에 맞추어 그림을 그린 뒤 거실에 걸어 두었지 뭐예요. 그래서 마치 섬이 저희 곁에 있는 듯한 느낌이 들어요. 다음 편지에선 파도의 전설에 대해 들려 드릴게요. 세메오랑 제가 살짝 바꿨거든요.

저는 기쁘고 슬플 때마다 외할아버지를 떠올려요. 언젠가 한번은 무서운 꿈을 꾸었어요. 제가 한밤중에 밖으로 나와 돌층계에 앉아 있는 사이, 누군가 집 안에서 문을 잠가 버려서 외할아버지를 만날 수 없지 뭐예요. 저는 몇 시간 동안이나 층계참에 서서 외할아버지를 기다리다가……. 울면서 잠에서 깨어났어요.

외할아버지가 제 마음속 옷장 안에 늘 계시다는 사실을 알면서도 자꾸만 그리워서 눈물이 나요. 가끔은 외할아버지를 옷장 속에서 꺼내 드리고 싶어요.

하지만 모뉘라 아줌마가 헛된 욕심을 부리면 안 된다고 했어요. 그래 봤자 효과가 없어서 슬픔만 더할 거라나요? 그러면서 육체는 죽어도 영혼은 살아 있다고 했어요. 제가 외할아버지 영혼을 아주, 아주, 아주 꽉 안아 드릴게요.

— 외할아버지가 그리운 나니

세메오도 마노 할아버지에게 편지를 썼다. 난생처음 써 보는 편지였다.

사랑하고, 사랑하고, 또 사랑하는 마노 할아버지!

저는 지금 프랑스에 있는 투른느페이유에서 편지를 쓰고 있어요. 할아버지가 저와 함께 타려고 했던 배가 우리를 이곳에 데려다주었지요.

할아버지가 갑자기 돌아가셔서 얼마나 슬펐는지 몰라요. 그런데 그때 제게 행운이 찾아왔어요. 나니네 가족이 곧 저를 입양했거든요. 아빠 이름은 자넷이고, 엄마 이름은 유미예요. 나니는 저랑 나이가 같아요. 저희는 정말 사이가 좋아요.

나니하고 저는 날마다 옆집에 사는 꼬맹이 라이를 돌보고 있어요. 라이는 모뉘라 아줌마와 파이 아저씨네 아들이에요. 섬을 떠날 때 배에서 만났어요. 라이는 그때 18개월밖에 안 되었어요. 나니랑 제가 섬에 대한 추억을 틈틈이 전해 주고 있어요.

섬을 떠날 때 할아버지를 대추야자나무 밑에 묻어 드렸잖아요. 대추야자나무한테 할아버지를 잘 지켜 달라고 부탁했는데……. 대추야자나무가 꼭 그렇게 해 주리라 믿어요! 할아버지, 대추야자나무 곁에서 잘 지내고 계시지요?

나니네 외할아버지가 써 주신 편지를 보면, 눈에 보이지 않는다고 해서 아무 일도 일어나지 않는 게 아니래요. 땅속에서 신기한 일들이 잔뜩 일어난대요.

나무뿌리가 서로 얽혀 있다나요? 그래서 이곳에 있는 나무한테 말을 하면, 제 목소리가 섬에 있는 할아버지의 대추야자나무한테까지 전해진대요. 섬이 물에 잠겼다 해도 끄덕없다고 하셨어요. 바다 깊은 곳까지 잘 전해질 거라고……. 그러니까 나무들이 인터넷처럼 연결망을 갖추고서 어디든 뻗어 나간다는 거죠.

할아버지, 가만히 귀를 기울여 보세요. 그리고 대추야자가 보내는 메시지를 잘 들어 보세요!

— 할아버지가 정말 예뻐하는 손자 세메오

나니와 세메오는 서로의 할아버지에게 편지 쓰기를 마쳤다. 둘은 서로를 바라보며 배시시 웃었다. 이번에는 둘이서 같이 편지를 완성할 계획이었다.

사랑하는 외할머니, 외할아버지, 그리고 마누 할아버지!

이번에는 파도 전설 이야기를 들려 드릴게요. 어쩌면 아시는 이야기일지도 몰라요.

가장 강력한 신이자 창조자인 타아로아는 세상을 만든 뒤 반으로 딱 나누었어요. 먼저, 반을 바다한테 내주었지요. 바다는 초기에 호수처럼 잔잔했어요. 아무 움직임이 없었거든요. 그리고 나머지 반은 나무와 돌과 사람에게 주었답니다.

세상의 절반인 바다는 너무 잔잔해서 하루하루가 무지무지 지루했어요. 그래서 어느 날, 바다는 타아로아의 금지령을 깨고 멋대로 움직여 보기로 결정했어요! 음, 육지를 정복해 보기로 한 거죠.

그날 밤, 바다는 육지를 향해 살금살금 기어 올라가기 시작했지요. 혹시라도 신들이 깰까 봐 신전 주위는 특별히 조심조심 피해 갔어요. 바다는 소리 없이 돌과 계곡과 산과 인간의 집을 모조리 집어삼켰답니다.

바닷가에 비쭉하게 솟아오른 언덕에 서 있던 '아레'라는 사람은 이 일을 매우 심각하게 여겼어요. 일단 바다를 멈추게 해야 한다는 생각이 들었지요. 하지만 혼자 힘으로는 불가능한 일이었죠! 결국 아레는 목숨을 내걸고 신전을 몰래 찾아갔어요. 신들에게 존경을 표하며 제단의 돌 하나를 슬쩍 집어 들었답니다. 그 돌은 불덩이같이 뜨거워서 손이 타 들어가는 것만 같았지요.

다음 날 밤, 사람들이 모두 깊은 잠에 빠져들었을 때였어요. 바다가 또다시 육지를 습격하는 동안, 아레는 신전에서 가져온 돌을 모래 속에 살며시 감췄어요.

바다는 여느 때처럼 하늘로 높이 솟구쳐 올랐지요. 그러다 아레가 모래 속에 감춰 둔 돌을 덮치게 되었답니다. 그 순간, 어마어마한 번개가 내려치면서 바다를 둘로 갈랐어요.

이때부터 바다와 인간은 늘 으르렁거리며 서로 싸우고 있대요. 바다는 틈만 나면 사람을 집어삼킬 기회를 노리고 있다지요? 그때마다 신이 끼어들어서 파도가 몰아치는 거고요.

나중에 사람들은 바다를 몰아내려고 여기저기에다 둑을 건설했어요. 그런데 우리 섬에서는 이 모든 게 통하지 않았지요. 끝끝내 섬이 물에 잠기고 말았으니까요.

모뉘라 아줌마는 우리 섬이 사라진 이유는 이 전설과 좀 다른 것 같다고 했어요. 이번에는 바다랑 신들이 공모를 한 거라나요? 이유를 알 수는 없지만, 우리를 떠나게 하기 위해서 그랬을 거래요.

파이 아저씨는 생각이 좀 다르대요. 사람들의 무분별한 행동이 이런 결과를 불러왔다는 거예요. 각 나라들이 무분별하게 개발을 하면서 숲의 나무를 함부로 베어 냈기 때문에 지구의 기후가 제멋대로 변한 거라나요?

또, 화학 약품을 너무 많이 써서 온실가스가 생기는 바람에 기후가 변하고 해수면이 올라간 거라고 했어요. 그러니까 그런 일을 저지른 사람들이 책임감을 가지고 우리가 살 곳을 마련해 주는 것이 마땅하다고요. 책임이 큰 나라에서 우리를 찾아와 피해를 입혀서 미안하다고 사과를 해야 옳다고도 했어요.

어쨌든 섬은 이제 사라져 버렸어요. 저희는 아주 먼 곳으로 와서 살아가고 있지요. 우리가 멀리 왔다는 사실만은 확실해요.

아빠는 외할아버지가 챙겨 주신 돌을 매우 소중히 간직해야 한다고 했어요. 그 돌 속에 외할아버지와 외할머니의 깊은 사랑이 스며 있다고…….

또, 우리 섬에서 유일하게 가져온 돌이라서 더 귀하다고요.

오늘 저녁에 다 같이 축제를 열고 돌을 무화과나무 밑에 묻어 둘 거예요. 사실 여긴 바다에서 그리 멀지 않아요. 섬의 마음이 늘 우리 곁에 계속 머물러 있겠지요?

저희는 외할아버지와 외할머니를 아주아주 열렬히 사랑해요!

— 섬의 외손녀와 외손자, 나니와 세메오

우리는 기후 난민

그날 저녁 별빛 아래에서 열린 축제는 무척 아름다웠다. 하늘은 수백만 개의 작은 눈으로 인간들을 바라보았고, 달빛은 안락의자에 몸을 맡긴 할머니처럼 둥실 떠올라 한들거렸다.

고슬고슬한 밥과 돼지고기 구이로 배불리 식사를 한 뒤 아빠와 엄마, 나니, 세메오, 파이 아저씨, 모뉘라 아줌마는 무화과나무 아래에 둥글게 모여 앉았다. 라이는 이 사람 저 사람 손으로 부지런히 옮겨 다녔다.

그들은 자신들의 이야기를 동화로 만들었다. 〈물에 잠긴 섬의 돌〉이라는 동화를……. 각자 자신의 방식대로 여섯 가지 멋진 이야기를 풀어냈다.

모뉘라 아줌마의 버전에서는 바다와 하늘이 서로 도와 섬을 삼켜 버리려 했지만, 그 전에 사람들이 배들을 보내 모조리 구조를 했다.

아빠와 파이 아저씨 버전에서는 인간들이 땅을 황폐하게 만들어 신들이 매우 화가 났다. 그래서 사람들을 한자리에 모아 놓고 전 세계의 자연을 보호하라고 명령을 내렸다. 섬을 보호하기 위해 섬 주민들을 육지로 보낸 거라나? 하지만 섬 주민들의 육지 생활은 고달프기 짝이 없었다.

나니가 엄마 버전에 덧붙여 말했다. 에노아는 섬이 물결로 출렁이며 서서히 가라앉을 때 아내인 무와 함께 춤을 추었다. 어느 순간, 하늘에 무지개 다리가 놓이자 두 사람은 춤을 추며 하늘로 올라갔다.

두 사람은 지금도 여전히 춤을 추고 있다. 춤을 멈추는 유일한 순간은, 바로 무화과나무를 향해 시선을 잠깐 돌릴 때뿐이다. 사랑하는 가족이 그곳에 모여 있기 때문이다.

세메오 버전에서는 할아버지가 대추야자 뿌리에 매달려 바닷속 깊은 곳으로 흘러갔다. 할아버지는 상어이기 때문에 곧바로 자유로워졌다! 지금은 손자를 만나기 위해서 열심히 헤엄을 치는 중이다.

그들은 잠자리에 들기 전에 외할아버지가 준 목각 새를 무화과 나무 가지에 걸어 두었다.

다음 날 아침, 외할아버지가 예언한 대로 연락용 비둘기가 그곳에 와 앉아 있지는 않았다. 비록 우리 눈에 보이지는 않지만, 어쩌면 비둘기는 지금 전 세계의 나무 사이를 떠돌면서 서로 사랑하라고 지저귀고 있을지도 모른다.

폴리네시아에서 온 아이

첫판 1쇄 펴낸날 2019년 7월 10일
17쇄 펴낸날 2024년 5월 22일

지은이 코슈카 **그린이** 톰 오구마 **옮긴이** 곽노경
펴낸이 박창희
편집 홍다휘 백다혜 **디자인** 배한재
마케팅 박진호 **홍보** 김인진 **회계** 양여진

펴낸곳 (주)라임
출판등록 2013년 8월 8일 제 2013-000091호
주소 경기도 파주시 심학산로 10, 우편번호 10881
전화 031) 955-9020, 9021 **팩스** 031) 955-9022
이메일 lime@limebook.co.kr **인스타그램** @lime_pub
홈페이지 www.prunsoop.co.kr

ISBN 979-11-89208-30-1 44860
979-11-951893-0-4 (세트)